你若在 我如来

周石星 著

自由卷

岳麓书社·长沙

作者简介：周石星，湖南岳阳人，理工男，电视人，电影人。

代序

好吧

我就是你越不过的山

我就是你渡不了的海

我就是你不喜欢的

巨大的存在

但是

渴望高远的鹰喜欢

热爱辽阔的帆喜欢

还有你遥不可及的星空

喜欢在我的肩头歇息

还有你梦寐以求的明月
喜欢在我的怀抱休眠

这些光明的朋友
足慰平生
你喜不喜欢
何足挂怀

目录

上卷 如是我见

下卷　如是我说

上卷　如是我见

（现代诗）

人非草木

面对你们我感到羞愧
为自己，也为自己所在的人类
你们曾经生生死死
陪伴我们的祖祖辈辈
你们还将生生不息
陪伴我们的子子孙孙
不离不弃
无怨无悔
但是我们却不知道你们姓甚名谁
只是轻慢地称呼你们
某某草
某某树

我们如此自以为是
对自己的姓名费尽心机
从来没有想过
你们应该也有各自不可替代的姓名
为什么我们如此在意
自己的血统、谱系、符号

生而为人却不愿只被称呼为人

每一个都要一个与众不同的名称

恨不得穷尽一切美意

无非要彼此名正言顺地争夺

还要强词夺理以万物之灵的名义

抢掠你们

请接受我真诚的歉疚、悔恨

从今天起我要痛改前非

我要给我遇到的每一棵树、每一株草

起一个寓意吉祥的名字

并给每一个名字写一封温暖的信

告诉你们遇到你们我是多么荣幸

得到你们原谅我是多么感恩

我要记住你们独立峥嵘的个性

我要分担你们的痛苦，分享你们的欢欣

是你们的坚韧让我感到荣枯不惊

是你们的沉默让我感到博大深沉

最后的落款我要以最大的谦卑写上：人

齐物

这并非一个诗情画意的所在
充满肮脏与混乱
确实有些人物以及非人之物
甚为美好，值得留恋
还是要去世界的隔壁一探究竟
在时间与空间的结合部
找不到一间可以歇脚的驿站
也找不到一个可以一醉方休的酒客

我孤独地站在所有的巨人之上
依然看不到生与死的边界
席卷一切的星云
与微不足道的尘埃
互为因果
又独往独来
我敢于站在地狱的中心
就甘于站在天堂的门外

杯已空，沉默的语言注满神启的智慧

歌已歇，入定的舞蹈颠倒魔性的魅惑

其谁与归，魂归何处

前不见古人，后不见来者

一苇之渡，岂止人间的江湖

不见彼岸，回头却非此岸

一念苍茫，万念俱灭

君在否，我来也

与一只玻璃杯的对话

杯汝来前
汝空怀寂寞
吾满怀孤清
且来谈谈
人生、理想、爱情

遵命，遵命
幸甚，幸甚
吾观汝也
与我同伦
骨头宁折不弯
心性透光透明
想必人生多舛
理想须问天
爱情不由人

反躬自省
吾何如哉
亦曾壮怀激烈

秋后白酒盈樽

又且笑傲天下

盛夏啤酒井喷

尤有温馨浪漫

春宵红酒氤氲

却原来苦茶才热

坐席已冷

空叹人心

失敬，失敬

心领，心领

于今相遇

亦是缘分

吾将汝相约相伴

君与我相爱相亲

吾不弃汝

汝惜吾忧

酒也罢，茶也罢

冷也罢，热也罢

浓也罢，淡也罢

醒也罢，醉也罢

终合是一泼而光

一饮而尽

此乃人生

附：辛弃疾《沁园春·杯汝来前》

将止酒，戒酒杯使勿近。

杯汝来前，老子今朝，点检形骸。甚长年抱渴，咽如焦釜；于今喜睡，气似奔雷。汝说刘伶，古今达者，醉后何妨死便埋。浑如此，叹汝于知己，真少恩哉！

更凭歌舞为媒，算合作人间鸩毒猜。况怨无大小，生于所爱；物无美恶，过则为灾。与汝成言，勿留亟退，吾力犹能肆汝杯。杯再拜，道“麾之即去，招亦须来”。

体检

医生说，心、肺很好
肝、胆、脾、肾很好
血液很好，脑很好
胃没问题
只是耳不聪，目不明
智商偏下，情商偏低
总之身体不错
四肢有力，很好

我说，可不可以看到
我头脑中还有多少傲慢与偏见？
我心脏中还有多少自私、冷漠、虚荣与虚伪？
肝火是不是太旺？
脾中还有戾气？
胆中可见泥沙，可见一点胆识？
肺活量除了呼吸，可能吐纳天地？
血液中有没有狭隘、嫉妒、猜忌与仇根的毒素？
骨子里有没有猥琐、谄媚、怯懦与奴性的劣根？
老胃可以消化五谷杂粮，可能咽下宿怨与幽愤？

肾上腺还有多少肮脏的欲望、残忍的杀机?

寡人之疾犹在

庶人之病尤甚

凡此种种人类的不治之症

可否一一化验检测，药到病除?

医生说，你身体很好

不过脑子有病

我说，我不质疑发达的医学科技

但我知道，你只能判断肉身

却不能体检灵魂

多少人病入膏肓却习而不察

人类的绝症在心而不在身

医生说，你可有灵丹妙剂?

我说没有，但我愿借你仁心仁术

做一个实验品

我愿以最纯净的银河之水

更换我饱受污染的血液

愿把我正被世故的黑暗吞噬的头颅

换成比北斗光明一万倍的星体

我愿以燃烧不息的太阳

更换我日渐冷去的心

愿把我整个的生命

换成最大的宇宙黑洞

在那里，美与丑、善与恶、光明与黑暗

浑然于一

医生说，然后呢?

我说然后，在这史无前例的医学实验中

我将死去，并化为灰烬

这就是我的药方

或可让不可救药的人类

起死回生

关于米

在我与世界之间
隔着一粒米的距离

除了你，谁敢说
为天地立心
为生民立命
为万世开太平

脱下你的黄金铠甲
才能捧住你公主般的玉体
在生米与熟饭之间
还要恰到好处的火力

这是我的使命
为了你，我愿意燃烧自己

告白

我将静静地离开

让你意识不到我曾经到来

我将悄悄地到来

让你发现不了我一度离开

高贵的思想不需要黄金王冠

伟大的心灵不需要黄袍华彩

永远就是此刻

虚无就是存在

我的心脏安放在万物之中

在这个初冬的雨夜
我辗转难眠
我想起一朵花
不是比喻意义上的一朵花
而是真真切切地看到过的一朵花
作为一个花痴我叫不出那朵花的名字
只见它慵懒地立在阳光之下
一副心满意足的样子

此刻万事皆休，人们纷纷入睡
同床共枕或者同床异梦
可是谁来与它取暖
谁会给它盖上一床薄被
它会不会不知死活
从树上跳下来躲雨
它寂不寂寞冷不冷

吾爱！我的心脏如此之小
容不下一点寒意

在黎明回来之前

我无法安息

你安放在我体内的心脏

我将安放到万物之中

跳动

你是不是可以原谅我

为了一面之缘的一朵花

我已经操碎了心

一朵花的命运

一朵花
天生丽质
品性纯洁
血统高贵
必须站在最高的枝头
打望尘世中的芸芸众生
谁才值得她
芳心暗许
托付终身

我打树下走过
自惭形秽
一个形容枯槁的凡夫俗子
不敢仰视她的美丽
奢望她的垂青

一朵花
孤芳自若
遗世独立

超脱群伦

偏要落到我的脚下

被卑贱的鞋子踩得粉碎

我是不是她苦苦盼望的人？

她选择了我

我毁了她一生

我打树下走过

听不到一声叹息

罪孽深重的人间浪子

看惯了生死轮回

心如铁石，欲哭无泪

与一只蟑螂谈心

不受欢迎的不速之客
请原谅我有失远迎
他们驱逐你
我悦纳你
是的，这是我的国度
我愿意与你分享
无论是灶台，还是客厅

我也是不速之客
在我来到这个世界之前
我也没有征得任何人、任何物的同意
他们或者它们
看我难道不也是一只入侵的爬虫
而今我入主这一方寸之地
岂止是我的幸运，而不是神的慈悲

谁知道这里不曾是你的祖国
或者你的故乡
谁知道你的故乡与祖国

不曾被人类或物类践踏

而使你们流离失所

我不是为自己赎罪

而是因为与你同命相怜

来到这里，你就是主人

我愿意与你和平共处

与你分享我的孤独

让我们惺惺相惜

告诉所有的的人类与物类

我们拥有同样的权利

在这里生死轮回

你若在，我如来

我闭上眼睛

看到天空中云彩

飘散

如依依不舍的故人

我睁开眼睛

看见大地上草木

繁衍

如恣意生长的儿孙

眼睛一睁一闭之间

就是一生

在一个不敬神的国度

这种信仰只是一种笑谈

我在时间中入定

连接过去与未来

在过去一次又一次地死去

在未来一次又一次地复生

你若在

我如来

表白

我长得帅或者丑，
我生得聪明或者蠢，
我老谋深算或者天真幼稚，
我繁华鼎盛或者孤独寂寞，
我乖巧或者木讷，
我谦逊或者狂妄，
这是我的事，
与你不相干。

我喜，我怒，
只为自己，不为别人。

我爱，我恨，
只要感觉，不要理由。

我笑，我哭，
只问心情，不问世情。

我行，我止，
只看天色，不看脸色。

秋叶之零

一笑中生死由命，

百年后大梦方醒。

最美的花朵不一定开放在春天，

每一个季节都值得惊艳。

我可以宽恕世界一切的恶，

却不能原谅自己一点点的错。

为赐福而来，为救赎而去，

义无反顾的信使，以身试法的先知。

湘江之见

我看不见水的流动
穿过的已非同一条河流
两岸静立的植物和游走的动物
他们的荣枯生死
我关心得太少
我的心比江水更柔软
即使自己最绝望的时刻
我拒绝洒下哪怕一滴泪水
无数次我自惭形秽
面对星空却坦然自若
一遍又一遍
我对自己的灵魂用尽酷刑
发现大地的供状罪行累累
忏悔洗不尽的
是不是你可以荡涤无余

我固执地认为自己恶贯满盈
我不能容忍你的水流中泥沙俱下
我不能容忍我的血液中杂质丛生

我早已堕落到不可救药

甘愿与最卑微的事物为伍

鄙弃一切崇高的东西

与蚂蚁、尘土之属称兄道弟

与鹍鹏、风云之流势不两立

救赎我的只有自己戴上的枷锁

那些刑具打造的王袍

让我在自己的天地里为所欲为

在一去不复的洪流之中

我总是逆流而动

你看不见我的行迹

重来的已非同一条方舟

题十三年前老照片

曾经是金宫玉厦，
一眨眼秦砖汉瓦；
曾经是鲜衣怒马，
一眨眼青灯古刹。
去吧，去吧，
那断琴残画；
去吧，去吧，
这红颜白发。

一样是夕阳西下，
何必去孤旅天涯；
一样是潇潇洒洒，
梦醒处正好为家。
来吧，来吧，
这浊酒清茶；
来吧，来吧，
这秋月春花。

想一想多少牵挂，
笑一笑多少年华；

看一看多少真假，

问一问多少代价！

去吧！来吧！

来吧！去吧！

斜阳吟

斜阳下为谁持酒？
轩窗前为谁梳头？
匣中剑为谁嘶吼？
镜中花为谁害羞？

看大江逶迤奔流，
听长风浅唱高歌；
有多少红巾翠袖，
无一个卿卿我我。

奈何，他铁马金戈！
奈何，她皓齿明眸！
奈何，这天地依旧！
奈何，那日月悠悠！

叹秋风

叹秋风，无情依旧；
惜楼台，栏杆已朽；
看残阳，浓烈如酒；
问苍天，夫复何求。

痛美人，不再娇羞；
恨英雄，白发满头；
望江山，同此颜色；
想世间，人生何蹙！

曾与你春光共度，
曾与你觥筹交错；
曾与你拔剑起舞，
曾与你灰飞烟灭。
而今我，血未冷，犹可酬；
且请你，思量着，重去游！

悲欣交集

我爱庸俗的事物，
也爱高贵的精神；
在我庸俗的心里，
住着高贵的灵魂。
我与世界的恩怨，
还没有了结分明。
我恨它无耻苟且，
又恨它无邪天真。
我只是恒河沙数，
偏偏要特立独行。
宁可与天下作对，
绝不要让你伤心。
就这样悲欣交集，
就这样生死难分。
就算是上天入地，
去追寻我的爱人。
前世可有信？
来生岂有凭！
若得今生遇，

前世不了情。

若得今世遇，

来生复来生。

祈祷

我们来去匆匆，
不在意彼此行踪。
追寻心中的天使，
却总与魔鬼相逢。
你要何去何从，
我可以无动于衷。
当与你擦肩而过，
才发现梦已成风。
谁让我情有独钟，
让生命与众不同。
我拒绝天堂的诱惑，
只要有一天地狱未空。
走过了关山重重，
渡过了云水茫茫。
渡不尽轮回的劫数，
我就重回到你的怀中。

（长沙—深圳　高铁中）

致梁艺

（11 月 16 日，梁艺朋友圈中发布一条消息，长年照顾她的父母，在车上疲惫不堪地睡着了。我说不出任何安慰或感动的话语，赶紧逃离……）

曾经被人追问
我是不是爱你
我坦然回答，是
但我不配
我曾经质问老天
到底是公平还是妒忌
对有福爱你的
加上不堪重负的累

我赞美你是天使和女神
其实都是自私的故意
我明明知道你比所有人更脆弱
你比所有人更需要
柴米油盐的耳鬓厮磨
而不是超凡入圣的神仙眷侣
我不能给你俗世的爱情

甚至没有承认爱而不能的勇气
我真是怯懦无比
无耻至极

我对你说，并要你告诉更多的人
痛，才是生命的体征
没有痛就没有生命
我要你以自己的生命之痛
告诉芸芸众生生命的存在
以及存在的意义
视而不见你的生命之痛
来自你失去知觉的肢体
我真是残忍无比
虚伪至极

如果老天给我机会
请允我再修一世
转世再与你相遇
与你站在一起
在你孤苦无依的时候
给你一个贴心的拥抱
一只可以相牵相撑的手臂
无怨，无悔

1984 年的那场雪

从来没有先知预言
一场青春的大雪
足以把一个人的一生
掩埋
我相信你的神
就是在那个早晨到来
但是你的眼睛
已经被漫天遍野的大雪
覆盖

那老旧的火车
载走那无助痛哭的少年
他比天使更好
他比魔鬼更坏
那无法回头的铁的轨
穿过地狱炼狱
穿过人山人海
再也找不到
那孤独的站台

你是否依然站在那里

打着那把寒素的伞

漠然

茫然

很多年后你将发现

那是神的意志

把他的国

把他的大雪淹没不了的国

为你撑开

从那时起

神已降临

神已存在

只有爱

可以互相戕害

只有爱

可以摧毁爱

人的宿命

神的安排

我是我的宇宙

曾经在伤心绝望的时刻，
我听到一个声音在说，
忍受命运给予的一切，
不要放弃自己的追求。

你可以沉沦但不能堕落，
可以彷徨但不能蹉跎，
如果世界给你以冷漠，
你要以热情还以颜色。

东奔西突不惜头破血流，
寻找生命出口的困兽，
抛弃恐惧对你的束缚，
超越自我才能得自由。

让铁蹄从我的心上践踏而过，
温柔的心才会成为壮丽的山河，
让冰雪彻底埋没青春的头颅，
我的头顶才会升起永恒的日月，

没有什么值得你痛苦，

没有什么值得你停留，

最坏的最好的尽我所有，

我就是我的宇宙。

乘愿

我脚踏莲花，
乘愿而来，
看那镜台，
落满尘埃。

我脚踏莲花，
乘愿而来，
看那苦海，
依然澎湃。

我脚踏莲花，
乘愿而来，
还那情债，
新欢旧爱。

我脚踏莲花，
乘愿而来，
痴心未改，
欲壑难埋。

有些事，
我无法释怀，
有些人，
我无法疑猜，
有些话，
说不明白，
有些愿，
应不应该。

愿世界，
轮回不坏，
愿你我，
不离不在。

归

一万年前生，

一万年后重生。

一万年前活，

一万年后复活。

一万年前流尽的泪水，

断魂于一万年后的冰川，

以绝尘缘。

一万年前愁白的青丝，

还魂为一万年后的霁雪，

以映晴光。

一万年前，

我在红尘中迷失，

不知我是谁，

来自何处，

去向何地。

又一万年后，

我在红尘中轮回，

在轮回中追寻。

只有找到你，

才能找到我自己。

天之德

谁不敬畏那遥远的星辰，
那是苍天赐予的光明；
谁不珍爱那美丽的花朵，
那是大地化育的芳馨。
天高地厚，顶天立地的是万物苍生。

只要登上那高山的峰顶，
小草也有大树的自信；
只要汇入那奔放的江河，
滴水也有大海的胸襟。
高山流水，生生不息的是人间真情。

红尘中有过多少英雄美人，
一转眼多少过眼烟云；
喧嚣中有过多少喜怒哀乐，
梦醒时多少美梦成真。
古往今来，历久弥新的是日月光明。

道可道，非常道；

名可名，非常名。

天德施，

地德化，

人德行，

天地大爱在人心。

为那些不该逝去的人——痛悼胡南

我以为我已经心如止水，

无喜亦无悲。

我以为这个世界早已不值得我留恋也不值得我离弃，

我愿意与这个世界两不相干，各安其位。

但我却依然出离愤怒，

为了这个世界的不公不义。

我不能理解这个世界为什么总是一意孤行，

我不能原谅这个世界与一切善的、美的为敌。

是的，我无喜亦无悲，

值得这个世界珍惜的，偏偏被这个世界摧毁。

如是我闻，如是我见，如是我历……

好吧，我愿意投诚，换取这个世界哪怕一点点良知，一点点善意。

不要让那纯洁的笑容凋零，如初春之花委弃于地，

求你！

不要让那脆弱的生命破灭，如黎明之烛泪尽光息，

求你！

我愿意投诚，交出我所有的武器：

对于这个世界的无条件信任，以及被这个世界反复践踏的灵魂和肉体。

如果这个世界从此改过自新。

即使这个世界依然胡作非为……

附记：你的存在，才是这个世界的价值所在

——告别胡南

亲爱的胡南小妹：

今天，爱你的人和你爱的人在这里，向你告别。如果你在天有灵，你于心何忍，我们又情何以堪！虽然是人生无常，聚散不定，但在以往，无论多少分分合合，我们总可以再相见相聚，但今天一别之后，却是天人永隔，阴阳殊途啊！

如果15年前，我知道将以这种方式与你告别，我宁愿从来没有认识你，从来没有与你同事，从来不了解你有多么优秀。

15年来，风流云散的兄弟姐妹们，聚少离多，但在我们的心灵深处，一直保留着一个最柔软、最温暖、最庄严的角落，珍藏我们那短暂的相识相知却是长久的相亲相爱，那浅浅的缘分却是深深的牵挂。曲曲折折的旅程，浮浮沉沉的际遇，也许磨损了我们的锋芒，但更砥砺了我们的光华。我们孤独，但是我们充实。因为我们放弃了虚荣，但我们没有放弃梦想；因为我们坚守着对自己的期许，我们也坚守着对这个世界的承诺。我们愿意，我们也能够，让自己变得更好，让这个世界变得更好。我们不惧挫折，我们不怕失败，只要我们还在，我们就没有什么不能失去，这个世界就没有什么值得追求。我们一直有声有色，我们从来无怨无悔！而你，总是我们引以为骄傲和自豪的，美丽大方的妹妹，聪颖智慧的才女，独立自强的行业精英。

15年来，也许世道多艰，命运多舛，但我们没有虚度光阴，蹉跎岁月。我们本来还可以再相约一个15年、两个15年、三个15年……互相为各自的奋斗加油，互相为各自的成功喝彩。但是，谁能想到出类拔萃的你、争强好胜的你、追求完美的你，竟要在这场人生的马拉松赛上，率先彻底弃权！你说你有多么任性多么傻！

其实我们知道，你是多么的心有不甘，你有多么的恋恋不舍。最后一次见到你的时候，我抓握着你皮包骨头的手，你已是神志不清。当我说你要加油，你一会儿说，我要加油，一会儿又说，我不加油。在这样的时候，意识混沌的你竟然还问我说，我最好的作品是什么？我说，你所有的作品都是最好的。你不信，还要我一个一个说出名字来。我说出了名字，你却又说，原创的作品还是太少。

不是原创作品，又有什么意义呢？

你知道吗，就是在见了你之后，我，还有几位你或许熟悉或许陌生的兄弟姐妹，专门以最庄重、最虔诚的方式，为你，也为其他处于苦厄中的兄弟姐妹祈福，祷祝所有的兄弟姐妹，在在平安，心心如愿。今天，我只能祝愿你在无人陪伴的前路，一路平安，我只能祝愿你在度尽众生的天国，得偿所愿。

如果有来生，你再也不要问有什么意义，你要记住，活着，就是意义。

如果有来生，你再也不要问，你最好的作品是什么，你要知道，你最好的作品就是你自己。

如果有来生，你不要这么出类拔萃，不要这样争强好胜，不要这样追求完美。

如果有来生，就做一个平平安安的女儿，就做一个平平庸庸的朋友，就做一个平平凡凡的常人吧！这个世界不会因为你卓绝的风华而呵护你，不会因为你天纵的才情而怜惜你，不会因为你高贵的心性而珍爱你。所以，我说，这个世界不配拥有你！它不能容忍你卓尔不群的才华之外还有执着一念的痴心，它不能欣赏你特立独行的个性之内还有心无城府的善良。

如果有来生，你不需要向这个世界证明你的价值，你一定要记住，你一定要知道，你的存在，才是这个世界的价值所在！

亲爱的胡南小妹，你走好！你安息！

注：

胡南，1975 年生，电视人，是国内利用和引进国外先进电视节目创意和模式的第一人。2015 年 5 月 6 日病逝，年仅 40 岁。

挽歌

北京时间2015年6月13日，长沙天气晴好。晚七八时许，一场暴雨不期而至。接着噩耗传来：湖南广播电视台快乐先锋传媒有限公司董事长兼总经理康晓辉因病医治无效，在45岁壮龄英年早逝……无数的牵挂，还是没有留住他。昨晚，台里的几位同事、朋友还在谈起他，我说了这样一件小事：

20年前左右吧，有线电视台两个最大、最重要的部门，一个是新闻部，我在新闻部，你也在新闻部；一个是网络部。一个单位，两个最大、最重要的部门之间，互相不服气，互相较劲，是很常见的事。

那年台里年终会，在黄土岭广电厅食堂二楼，大家都喝了不少酒。网络部的同事轮番上来劝酒，我渐渐站立不稳，不想再喝，劝酒的人也已经醉意醺醺，就有点霸蛮了。僵持之际，你挤进来，夺过我手中的杯子，一饮而尽。网络部的人不干了，你来我往，竟然冲突起来。

平息下来之后，你忽然不见了。我们到处找你，最后发现你坐在一楼门口的台阶上，一个人像孩子一样在哭。我说没事没事，同事间开开玩笑嘛。你哭喊着说：他们那样逼你，是开玩笑吗？他们欺负你，我不答应！

兄弟，这件小事，你也许早不记得了吧？但我会因此记得你一辈子。

这么多年来，我不知道我是不是真被人欺负过。我只知道，有那么一些时候，我真希望有你这样的兄弟，在我茫然四顾、手足无措之际，冲出来大喝一声：他们欺负你，我不答应！

男人之间的感情，常常是不需表达的。这么多年来，我们都经历了很多意料之中或意外之事。开朗乐观的你、豪侠仗义的你、刻苦能干的你、发奋上进的你，无论做人，还是做事，都越来越漂亮，兄弟姐妹们无不为你感到高兴。

没想到几年前，突然听说你病了，突然听说你的胃全部切除了……但每次见到你，只是人瘦了，反而更见精神。直到你去美国接受治疗前，最后一次看望你，你已经瘦得不成人形。尽管你仍然信心满满，但我知道，恐怕无力回天了。天道如此不公，我却没法叱斥一声：他们欺负你，我不答应！

兄弟，如今你终于得以解脱，而我，人生亦将过半。还会有什么人或什么事，可以欺负我吗？当我真的孤独无助、独力难支的时候，还会有你这样的兄弟，带着伤心与愤怒，挺身而出：他们欺负你，我不答应！……吗？

兄弟，我的泪已流干，我的痛已麻木。但你一定读得懂，以上和以下的每一字，都带着血。

人命如纸薄。

随风而舞。

随风而逝。

人命如纸薄。

被未知之手，

揉搓。

被未知之手，

撕碎。

阳光留下的字迹，
被黑夜的墨汁抹去。
星光留下的字迹，
被白昼的暗焰焚毁。

马栏山，
你方唱罢他登场的马栏山，
那些青蛙在说什么呢？
那些鹧鸪在唱什么呢？
没有脚本的演出，
还有什么依据，还有什么意义呢？

让那爱哭的孩子，
抱着虚空的肩头，
痛哭一场，
带笑离开。

回龙山，让那尘土的归尘土，
从此魂归其位吧。
祝圣寺，让那香火的归香火，
开始佛现其身吧。

月湖系列之一：风景

闻着桂花的香味

却找不到花在何处

到处招摇着的，只有挖空心思的色彩

而没有沁人心脾的气息

事实上我叫不出任何一种花的芳名

它们的开与落，我也从不关心

这似乎是每一个季节都在发生的事情

就如每一个季节

蟑螂都在每一个地方

大摇大摆地出没

不是这个年纪，而是这个年代

不适合谈论爱情

或者诸如此类的东西

还有什么高尚的玩意值得我留意

一个诗人的心都需要遮遮掩掩才可以示人

老鼠要比猫繁殖得快

如果这样的常识你都不懂

你活该去做一条蚯蚓

以泥土为生

月湖系列之二：湖上夏季

城市沦陷在雨中

霓虹灯哭肿了眼睛

我可以证明灵魂是没有重量的

否则超载的方舟

一定早已翻沉

还有抛锚的公共汽车，还有迫降的飞机

还有晚到的高铁

还有突然不见踪影的飞禽和走兽

我说的走兽是那些行人

他们曾经追逐过羽毛

但是他们的肉体被有毒的铅灌满

佛说，那是贪嗔痴

那是眼耳鼻舌身意，那是受想行识

以及色即是空，空即是色

那飞起来的，不一定是翅膀

也可能是一片落叶，或者若干片

阳光似乎是一个玩笑，或者一场误会

突然出现，突然消失

我看到蝴蝶绕树，蜻蜓点水

蚊虫餍血，苍蝇嗜腐

我看到随机的有机物与无机物

无机物守着沉默

有机物闹着喧嚣

我研究了湖水以及相关的一些事物与人物

发现灵魂这个东西存在于无机物的可能性

比存在于有机物的可能性

要高

月湖系列之三：水性

每天每夜，这城市光怪陆离

最淡定的

是这一池富含日月星辰与钢筋水泥的湖水

无色无味显然过于理想主义

岸上的草、树

当然少不了人

随着季节的变换变换着颜色

只有这一池湖水处变不惊

无所谓春水，无所谓秋水

无关欲，亦无关情

有一些人，在虔诚地唱经之后

把在另一片水域捕捞来的水族

在这里放生，还有另一些人

又以各种各样的钓具与钓饵

捕捞它们

它们是幸，还是不幸？

它们只有被囚禁在水中

才得自由

除了那水中的囚徒

那放生的，与那垂钓的

谁不是在被捕捞与被放生之间轮回？

这里不是濠梁

没有一场辩论，一场没有结论的辩论

当然蝴蝶是有的

是不是化梦而来，不得而知

水性就是如此，它的性质

就是随物赋形

随人赋心

月湖系列之四：雨的果实

谋杀者的主谋是以救世主的面目出现的
高跟鞋与运动鞋对梅子的滋味不予置评
青的、红的、半青半红的是可以看见的
酸的、甜的、半酸半甜的则只能是猜测
在枝叶间藏着，或在地上躺着
作为夏天的胎儿，或者作为春天的尸体
在月湖的植物之中
荷花是我唯一认识的花
而梅子是我唯一认识的果实
它毛绒绒的样子
青涩的时候像羞涩的青眼
红熟的时候像怨愤的泪眼
总是让我忐忑不安
在一阵疾风骤雨之后我意识到自己的天命
圣人长考为石，先知顿悟为花
我将与一切转瞬即逝的事物为伍到达永恒
坐着轮椅的老人和躺在摇篮的孩子
奔跑的人与闲坐的人、喝酒的人与喝茶的人
夜晚的蝙蝠与早晨的蜻蜓

蛙声与鹧鸪声

区别在哪里？我百思不得其解

唯一的区别在于

他们与它们

各有各的名字

比如荷花，比如梅子

比如谋杀者的主谋是以救世主的面目出现的

他们与它们

就是一回事，就是一个人

月湖系列之五：窗外

这一片水域似乎拥有一切

日涵月泳，云集星聚

时时刻刻，垂柳临水照镜

但是从春至冬，依然没有照出一朵莲花

莲花开放的时间和地方，与顾影自怜的意淫无关

我是在楼观沧海日，月涌大江流之后

才发现这水底之天，不过是虚，不过是幻

抑或这人顶之天，不过是影，不过是像

昨天我还是早慧的少年，今天却已是幼稚的老人

架上书万卷，大半蒙尘

那些把书啃烂了的虫子依然是虫子

看不到他们如何洞明世事，练达人情

《庄子》与《尤利西斯》比邻而居

辛弃疾与萨特并肩而坐

孔子与赫拉克利特所见略同

莎士比亚与汤显祖心有灵犀

弗洛伊德试图解释宝玉梦游太虚幻境

屈原未卜先知，早已一死回答哈姆雷特 TO BE,OR

NOT TO BE 的《天问》

瞎了眼的荷马与去了势的司马
哀前人而鉴后人
而后人哀之而不鉴之，亦使后人而复哀后人
那被撒旦劫夺了的
终将被上帝归还
在地狱与天堂的窗外，我们蠕动在这星球之上
泥团上争先恐后的蚂蚁
被一股突如其来的童子尿冲散

月湖系列之六：欲望之城

发情的季节，河水在涨

恬不知耻的荡妇

一丝不挂，扭动着性感的裸体

变换极尽诱惑的姿势

放浪，销魂，欲罢不能

城市的车流，愈发淫乱

按捺不住的叫唤，不是出于快感，而是出于痛

穹顶之下，众生欲火中烧

万类苟且偷欢

黑夜被失眠击碎，抑郁症漫延

股市要么不举，要么早泄

男人，女人，急怒攻心，无可奈何

一枚嚼碎的槟榔，被唾弃于地

静若处子。月湖

被贪婪的牙齿无数次蹂躏

依然波澜不惊

新生

直到今天太阳落山之前
我才开始学会用脚后跟思考
才恍然大悟人间的幸福
是与蚂蚁与尘埃为伍
而与遥不可及的星空无关

从今夜起
这沾满泥土的鞋子将是我的冠冕
颠倒乾坤，让万物各归其位
从今夜起，只有这伟大的冠冕无远弗届
从小港到松花江到香江到濠江
从云湖桥到霞光村，从仙桃到河溶
从那曲到亚东
从黄土岭到马栏山
我将一一重新走过

从今夜起
那用头脑思考的人类珍视的一切
我将弃若敝屣

他们

从草木荆莽中杀出的猛兽
带着远古的嗜血基因
君临钢筋水泥的丛林
依然不可一世

把鸟语与花香毫不吝惜地抛弃
信奉弱肉强食的法则
和唯我独尊的宗教
星空与大地，只是予取予夺的祭物

他们不允许美好的颜色存在
只允许黑闪闪发光
他们垄断了恶
他们还要垄断善

他们
僭称人类
自封为人类的精英
并与人类为敌

我只一生经不起等

铁马金戈销尽。

前朝故事不堪认。

泪与血，

不相称。

浊酒清茶冰冷。

人去楼空孤帆影。

琴与剑，

无从论。

青灯黄卷蒙尘。

人间烟火谁关心。

君与我，

何须问。

为了你，

我放了缰绳。

为了你，

我弃了王城。

为了你，

我破了空门。

我只一生，

经不起等。

不负苍天，

即负美人。

山水图

那昂头抚琴的人
仿佛要拂去弦索一样纠结的
世间的烦恼

那埋头磨剑的人
似乎要销尽铁锈一样累赘的
苟且的肉身

一夜之间
叶就落了

一生之间
人就老了

那抚琴的人
将琴放到了匣内
那磨剑的人
把剑插入了鞘中

余音犹在
杀气尤寒

树与人

进入冬天
屋内的人一件一件加衣
犹在抱怨寒冷
窗外的树一片一片落叶
脱了一身华服
在凛风中如如不动

春天到了
从屋内走出去的人
平添了几缕白发
看到窗外的树
又披上绿装
一顶繁花

随感

一块笨拙的木头
几根粗糙的铁索
组成琴

一张空虚的白纸
几团浑沌的墨汁
组成画

一种平凡无奇的碳元素
若干无处不在的水分子
组成人

听起来是天籁
看起来是天工
想起来是天幸

其实很朴素
其实很简单
其实没什么！

银杏树素描

春天

不开花

秋天

不结果

等到冬天

才倾尽一生积蓄

施舍一地黄金

秒杀了

所有曾经姹紫嫣红的

所有曾经硕果累累的

春秋

苏兄，今夕我想起你

苏兄，今夕何夕，我想起你
想起你墨写的赤壁
要比周郎火烧的更红
大江东去，竟是流错了方向
为什么浪淘尽的
偏偏却是千古英雄
让我掩卷四顾
看不到他们的影踪

苏兄，今夕何夕，我想起你
想起你披一簑烟雨
如大江系不住的飘篷
把酒问天，不料饮干了明月
于是乘风归去的
至今不知何去何从
让我停杯投箸
找不到当年的星空

苏兄啊苏兄

可恨你笔下卷起的乱石
真的穿透了历史的苍穹
今夕我想起你
老夫也有少年狂的冲动
你说但愿人长久，千里共婵娟
敢问千年之后
可否与你冰心与共

关于诗人

面对崇峻的高山
我挺胸抬头

面对卑微的小草
我屈身俯首

我不为崇高折服
也不被卑贱俘虏

年少，端方大度
年老，任性风流
我是时间的敌人
现世的叛徒

雾，渐渐散去
你将看见一块石头
天生愚笨，命定丑陋
盘踞山顶，或蛰伏山谷
为草木所护，或为草木所破
不言不语，无知无觉
随心所欲，自成一格

电与影组诗

PROTASIS:TO THE FOOLS WHO DREAM
——爱乐之城组诗序

Not to have wings
To fly high and far

Such as aroma of flowers
And radiance of star

Such as my dreams
Dreams bring me to nirvana

不是非要拥有翅膀
才能飞到高远的地方

比如花朵的芬芳
比如星空的光芒

比如我的梦想
梦想，让我的生命飞扬

等待一个人与一场电影

一个异乡的流浪儿

在一个无雪的冬天

等待着一场北方的雪

等待着一个孤独的雪夜

与一个人

看一场电影

故事是不是虚构我不在意

我在意的是

你是不是愿意

与我一起

看别人的故事

忘记自己

你姓甚名谁是男是女

没有关系

我们的关系

只是一个局外人

面对一个并不属于我们的世界

却可以同哭同笑同悲同喜

我爱即是你爱

我恨亦是你恨

让梦想的雪

落在现实的黑夜

让黑夜的孤独

成为未完待续的结局

观影即感

果实登场的时候

花朵就要谢幕了

把眼睛闭上的人

不可能看到光明

你们抱怨生命太过短暂

可是有谁愿意进入永恒？

你好，疯子

我为什么要对陌生人

怀抱敌意

最陌生的那个人

永远是我自己

昨天我还满头青丝

今天我已两鬓如雪

昨天的太阳今天照常升起

我却熬过漫长的黑夜

才见到黎明

谁知道在那死寂的幽冥之中

我是不是脱胎换骨

我是不是重新做人

你好，疯子

我要如何证明

我不是异数而是同类

我面对的

到底是我的敌人

还是我自己？

你的名字

仿佛从来没有如此清醒

又仿佛一直迷途在梦境

我不断地寻找

一个地方或一个人

如果这是虚妄的存在

我祈愿虚妄的涅槃永生

如果这是存在的虚妄

我祈愿存在的销声匿迹

你的名字是不是三叶

我并不在意

我只想与你交换身体

趁时间没有摧残殆尽

我还要与你交换灵魂

趁生命没有玉碎蒙尘

三叶，不管是人间的小镇

还是天上的流星

不管你来自何处，现在哪里

我一定要找到你

生生死死

死死生生

没有什么灾难可以毁灭我们

我们最大的灾难

是命运让我们失之交臂

我一定要找到你

上天或者入地

我只有与你一起

才能拯救自己

才能拯救人类

致敬“梅姨”①

To pay tribute to Meryl Streep

My world is lost,

How can I find it out?

“Take your broken heart,

Make it into art”.

Life is always hard,

Which one is worthy to wait,

So many things I do not want,

Any time I can quit.

So many times in the night,

No one with me to chat.

But I am fearless in the dark,
Just trust to stay with my God.

"The world so set on tearing apart,
I want to put it back together a bit".
What makes me so sad?
My dream does not come true yet.

And what makes me great?
Nothing but light in my mind.
Give me your hand,
Make sure everything to fit.

我已经迷失了自己,
不知道我究竟是谁。
我的心已经支离破碎,
如何重塑艺术之美。

活着真不容易,
谁能与我比翼。
许多人我并不在意,
许多事我情非得已。

多少次在夜里，
我感到孤苦无依。
但是我毫不恐惧，
上帝与我在一起。

这世界如果被摧毁，
我要让一切重新归位。
为什么我如此悲戚，
只为梦想遥不可及。

什么能使我出类拔萃，
那是我心中的光辉。
让我握紧你的手臂，
让一切涅槃轮回。

注：

①梅姨，指好莱坞电影演员 Meryl Streep。

天童

我要带着这封信
送给一颗未知的心
谁在享受着天堂的光明

谁在忍受着地狱的寒冷
我并非无所不能的超人
对一切感到恐惧陌生

谁是我慈悲的父亲
谁是我慈爱的母亲
谁与我手足之诚
谁与我姐妹之情

不是我要立异标新
我拒绝无理取闹的厄运
没有什么值得我幽愤
天命所归我再造乾坤!

Wonder

I want to send a letter
To someone somewhere
To whom in the heaven there
To whom in the hell here
I am not a power ranger
I am just a stranger

Who should be my father

Who should be my mother

Who should be my brother

Who should be my sister

I am different from the other

I defuse so called fate forever

Nothing makes me anger

I am predoomed wonder!

欧洲之心组诗

CK小镇

逆伏尔塔瓦河而上
在哪里与你不期而遇？

无论在哪里
我只是一个匆匆过客
逝者如斯夫
我却如何让时光回溯？

我不能与你白头到老
我只能为你一夜白头

人骨教堂

以神的名义
征召人的骨头

以人的骨头
装饰神的殿堂

神啊如此慈悲

人啊如此虔诚

当人把骨头

还给神

人不复为人

神不复为神

当神沦落为人

人即上升为神

谒裴多菲像

裴多菲，我暌违多年的兄长

我是在自己的生日

在中国家人团聚的节日前夜

来与你相见

多么遥远的距离

多么久远的时间

这个世界

早已不以诗歌

衡量生命、爱情、自由的价值

而用各种花花绿绿的货币

换算它们的价钱

亲爱的兄长，今天见到你

我才发现

一个人要与自己失散的灵魂团聚

多么艰难

精通音乐的多瑙河

在你的脚下跳舞而去

他们读不懂你诗中的旋律

带不走你的忧郁

布拉格

Prague

是地理坐标

更是历史刻度

Prague，欧罗巴的玫瑰

在时间的履带碾压之下

香如故，久弥新

Prague

我错过了你的春天

不会错过你的秋天

收获的季节

Au revoir, Paris

让我回到巴黎圣母院广场

回到 point zero

回到 Victor Hugo 比岩石更坚固的文字之中

去接替那个不敢面对自己和同类的敲钟人

只有在这里

我不相信 Jean-Paul Sartre

他人即地狱

存在即合理

只有在这里

我才相信 Jean-Jacques Rousseau

对神的忏悔

其实是对人的辩护

只有在这里

我的眼界如此之小

容不下一点灰尘

必须要弥撒的钟声

与鸽子的翅膀

把云彻底洗白，把天空彻底擦亮

只有在这里

我的心地如此之大

装得下整个世界

真与假，善与恶，美与丑

洁净与肮脏，罪孽与救赎

以及爱与恨，生与死

只有在这里

我是如此坚不可摧

却又如此不堪一击

Au revoir, Paris

谁不是生而自由

谁不是无往而不在枷锁

谁能羽化为蝶

谁能蜕变为飞舞的花朵？

Au revoir, Paris

谁被自由拥抱

谁就成为自由的囚徒

我是到来，还是离去？

你是存在，还是虚无？

在戛纳与一只鸟共进早餐

感谢你不请自来

与我分享阳光下的早餐

仿佛面对朝夕相处的朋友

仿佛回到自己的家

在你眼里

我不是外人

更不是异类

可以托付

可以信任

我感到前所未有的幸福

因为你自由的天性

选择了我自在的天真

这一顿早餐

可以喂养我一生

尽管我知道

我们都是这里的过客

都将从哪里来

又回到哪里去

不期而遇

不仅仅是一种缘分

更是一种证明

集合

把草集合起来

成为草原

把树集合起来

成为森林

把山集合起来

成为高原

把河集合起来

成为大海

感谢造物以如此盛大的仪仗

欢迎我作客人间

我将与秋风一起

归去

我将与春风一起

归来

让奇迹司空见惯

让瞬息自在永恒

献给郎平的短句

流风拂过

浮云就消散了

而苍天不会

流水经过

浮萍就消逝了

而大地不会

流光掠过

浮生就消停了

而灵魂不会

要打

就打它个天翻地覆

要杀

就杀它个片甲不留

要拼

就拼它个体无完肤

要休

就休它个无欲无求
要进
就进到无路可走
要退
就退到无法回头

要攻
就与全世界为敌
要守
就守住真实的自我
要做
就做时间的叛徒
要赌
就赌生命的不朽

秋风

秋风终将老去
让山河岑寂
让草木静默
让飞禽走兽雍容大度

我终将与秋风为伍
加持一点什么
祖护一点什么
什么也不说

我只坚持一点

我看见万物生息

我看见天地变幻

发生的已经发生

不知所踪

没有发生的终会发生

未知何处

那加于我的

我忍受

我承受

我接受

我享受

那弃于我的

我漠然

我茫然

我坦然

我欣然

众生

我只坚持一点

原谅你们一切

夜航

从一座城市的夜空起飞

又在另一座城市的夜空降落

我莫名其妙地想起

那离我而去的

和那迎我而来的

万家灯火

不知道多少悲欢离合

喜怒哀乐

挣脱大地的束缚

凌驾于夜空之上

我是不是可以超凡脱俗

如果在尘世之中

一个人仰望星空

他会不会想到

在一个钢铁的躯壳之内

坚硬，冷漠

绝尘而去

又傲世而来

至少一个人有血有肉
知冷知热
是我，或者非我
关心他此刻的心事
和他陌生的一切
不是因为好奇
而是因为感同身受
以及那些平原，山脉，河流
以及那些泥土，草木，物与非物
一掠而过的
我并未忽略
他会不会懂得
我不是牵挂得太少
而是疼惜得太多
不忍直视
不敢停留
一个漂泊的灵魂
破灭不了人的枷锁
漂泊
漂
泊
才是归宿

他所经过的

何处不是神迹

何处不是圣所?

清明节

一茬又一茬人
走着同一条路

来，哭哭啼啼
在，热热闹闹
去，冷冷清清

尘归尘
土归土
生非生
死非死

我只一生回不了头

我只一生
回不了头

皓齿如雪
明眸如墨
海誓太深
山盟太重

少年心
不堪受

痴心如你
任性如我
爱又太狠
伤又太痛

少年狂
红颜劫

世事无常
人心有毒
今生已了
来生莫测

青春错
命运恶

你信你主
我皈我佛
为你流泪
为我泣血

众生罪
一身赎

我只一生
回不了头

花誓

你的美丽是世袭的
天生就是这世界的王后

前年
我爱过你奶奶
去年
我爱过你妈妈

今年
我爱着你

明年
我将爱你女儿
后年
我将爱你孙女

我的痴心是命定的
天生就是这世界的情种

你若轮回不息
我即矢志不移

在高铁上

车速快到

看不清风景

人生短得

来不及重逢

于此安身

于此安心

于此安坐

于此安行

春之组诗

春天的种子

只有在寂寞的暗室
冷藏一个漫长的冬季
在春天到来的时候
又被黑色的泥土埋没
生命的种子
才有出头之日

只有突破自身的束缚
才能打破身外的压迫
最小的幼芽
也会举起胜利的旗帜
集结希望的力量
席卷荒寒的大地

春天的信念

如果不是对于春天的信念，
草木们如何活过冬天？

他们才是真正的智者

任何时候沉默不言

要等到春天回来

我才发现自己目光短浅

以为叶子落了

花儿谢了

他们的生命也完结了

我还自以为是

给他们垂怜

他们只是舍弃了

身外的浮华

坚持着内心的嬗变

季节的冷暖

与他们无关

春日即感

春天的太阳在我的头顶温暖照耀

我的心中为什么残留阴暗与萧条

春天的雨水润泽漫漫长冬的焦躁

我为什么不能原谅乍暖时的寒潮

所有的花花草草不吝惜最美的微笑
我怎么还能无法自拔泥泞中的腿脚

飘零已久的你一直等我在此季逍遥
不知归途的我再也不挣脱你的怀抱

从此我只会反省自己够不够美好
不会抱怨这个世界对我多么糟糕

引力波

当我意识到自己的存在
微不足道
而且转瞬即逝
我开始关心时间的力量
与空间的意义
把天上的恒星
看得比地上的微尘更小
把地上的微尘
看得比天上的恒星更大
银河只堪净手
滴水足以渡人

我不是佛祖
我也不是上帝
我只是那捧着一颗好奇的心
如捧着一点小小的烛火
不知恐惧为何物的孩子
闯进宇宙的黑洞
在无处可逃的暗室之中
这生命的微光
让黑暗无处可逃

量子纠缠

我不知道

我所从何来

我不知道

我身在何处

我是不是我

我是不是存在

要看你是不是愿意

为我把眼睛睁开

因为你入了我的心

所以我入不了你的眼

这是我的悲哀

还是你的无奈？

雪的组诗

关于雪

原谅我如此疲惫不堪
我已经打马涉过忘川
记不起与谁对饮把盏
身后倾倒着万水千山

红尘中到处纷扰
江湖上绝迹逍遥
若与你相逢一笑
人间世一了百了

只有你令我放下慧剑
快意恩仇斩不断因缘
折腰束手要对谁冷眼
回头是岸我宁愿逆天

红尘中到处纷扰
江湖上绝迹逍遥
待与你相逢一笑

人间世一了百了

天下事太多风云变幻
偏抵不过你顾盼眉间
看狼烟再起雪舞如幡
梅花如血又溅满栏杆

红尘中到处纷扰
江湖上绝迹逍遥
且与你相逢一笑
人间世一了百了

致一场终于到来的雪

你一定是受了天大的委屈
才这么不顾一切地逃了出来
发疯一样
扑到我的怀里
可怜的孩子
如果苍天都不能包容你的任性
大地又如何容忍你的轻狂
在这天地之间
除了我

还有谁怜惜你

你这份纯真

这份贞洁

以及你这改天换地的

小小欲望

雪夜

天气预报说后天有大到暴雪

这是这个漫长多雨的冬季

最好的消息

今夜我就迫不及待

在黑暗中想象雪在下

一定要大，一定要暴

一定要把所有的村庄与城市、山川与道路抹平

而我会准备一只红泥小火炉

一壶新醅绿蚁酒

等人来敲早已被雪淹没的门

在这样的雪夜

我只想回到古人的故纸堆中取暖

把自己冻僵的身体

蜷缩成他们的一个字

或者侧卧成他们的一句诗

要不伸展成他们的一篇散文

这是多么幸福的事

我的存在

才有了不灭的温度

与不朽的意义

致一场失约的雪

那么多人在抱怨你的爽约

我也一样失望，却又有些窃喜

你这天国的孩子太过纯洁

注定为这污浊的尘世所不容

设若你如期而至

在一阵惊喜的欢呼之后

必有接踵而来的

肮脏的鞋子

以高尚的理由，比如说什么踏雪寻梅

无耻地践踏你

直到把你的清白

糟蹋得与他们一样不堪

想起你曾经来过

想起你终将到来

最美的雪

一场是下在记忆之中

一场是下在等待之外

只要想起你一定存在

我就不感到孤独

心中充满了感动与欣悦

来与不来，凭什么交给他们安排

就让我一个人在这里怀想你

怀想你与我一次又一次相约的

清净世界

雪与梅

大地被燃烧

愤怒的烈焰腾空而起

人间万物

被焚毁无遗

世界如此静美

一树梅花

被呛得咳血

这闯下弥天大祸的孩子

被自己的罪行惊得不知所措

手里还在举着

纵火的火种

余烬未熄

南岳记

佛住在山下

佛住在半山

佛住在山顶

人把佛安顿在什么地方

佛就安住在什么地方

不卑

不亢

不悲

不喜

（乙未年腊月二十一）

致久违的阳光

因为你的加持
我一直活得灿烂
今天，我要净手焚香
为你写一首赞美诗

我是在翻遍典籍之后
看到我伟大的父亲屈子
看到我天才的兄长李杜苏辛
为国王，为美酒，为江山
以骨为笔，以血为墨
写过无数鬼哭神惊的经典
却不见顶礼你的诗篇
我要代表他们
向你三叩九拜
致以最虔诚的道歉

作为你的子孙
继承了你的真传
他们与我一样

不在意在这人间

享乐还是受难

只在乎能不能布施光明与温暖

你不是太普通

而是太慷慨

不需要膜拜

不需要感恩

（乙未腊月十五，谒宁乡密印寺返长途中）

我是歌手

我的歌让草木抬头，让星空俯首

我是歌手

我的歌比肉身更痛楚，比灵魂更自由

我是歌手

我的歌是粉碎世界的石头，是创造生命的尘土

我是歌手

我向内心的魔鬼乞求，向物外的神祇施舍

我是歌手

我比地狱的囚徒至苦，比天国的佛陀极乐

我是歌手

鹧鸪

唐诗中发出第一声啼唤
宋词里已是几声呜咽
失意的士子，落魄的迁客
寂寞的英雄
不约而同，请你代言
更有浪迹天涯的游子
最不堪声声凄切
杨柳岸，孤舟飘摇
载不动痴男怨女
忧愤家国
我听不懂你的话语
诗人词客的翻译
不过浇自己的块垒
偏偏在任何季节
你总有话要说
越千年
依旧喋喋不休
我只明白
不顾
不顾……

赌

从一滴水出发，
我渡尽沧海；
从一朵花出发，
我占尽春色；
从一粒砂出发，
我拿下世界；
从一个人出发，
我抛下一切。

青春有难分难舍，
生命却没有下回分解；
下回又是一个轮回，
分别已然是永别。

我愿是英雄一世，
即使要赌上头颅热血；
我愿赌红颜一笑，
即使穷一生偷生苟且。

只为了与你再见，

等过了花开再等到花谢；

只要你在我就会重来，

不管它什么季节。

关于电影《钢锯岭》的组诗

救救我

如果你再救一个，
求你救救我！
我沉湎于粗鄙的情欲，
而离弃于纯朴的爱情；
我执着于物欲的追逐，
而鄙薄于精神的追求；
我得意于生活的苟且与庸俗，
而不屑于生命的远方与诗歌；
我把自私自利奉为欺世盗名的信仰，
而把济世度人当成自欺欺人的教条；
我认为崇高的心灵必是虚妄的，
而确信卑贱的灵魂才是真实的；
我以混迹于污泥浊水为傲，
而以置身于清风明月为耻；
我膜拜金钱顶礼权力，
而蔑视美德践踏善行；
我垄断真理，
而恐惧真相；

我以出类拔萃的异类为寇仇，

而以同流合污的同类为盟友；

我视旁门左道为捷径，

而视正道直行为畏途；

我最大的资本是无耻之尤而最大的负债是良知未泯；

我最大的成功是身外之枷锁而最大的失败是内心之律令；

我只想攫取一切，

而不想奉献一点；

我活着，

不过是行尸走肉，

而复活，

可不可以脱胎换骨？

……

如果你再救一个，

求你，

救！救！我！

诗人，你是 Conscientious objector

恶之所以成习

是它最讨人欢心

只有最大的恶才能给人最大的快意

比如烟与酒，性与毒，比如理想与爱情

以及诸如此类一切冠冕堂皇的东西

它败坏我身外之物也败坏我身内之灵

我超不了凡人不了圣

悟不了道成不了佛

我戒除了所有的恶习

唯独戒除不了你

你是我胎中带来的毒

深入到骨髓，交融在血液

拒绝武器的异类，你注定被放逐

注定被唾弃

你是这个世界唯一不可饶恕的罪人

因为你让所有的人不得安生！

是什么使我所向无敌

昨天打扫的房间

今天又积满灰尘

没有那么多圣水

洗涤我的灵魂

我无法面对自己

肮脏不堪的心

活着，还是死去

这是一个无解的问题

你死，还是我活

这是一个无常的选择

是怯懦使我坚强

是恐惧使我无畏

勇敢者的游戏

我没有勇气参与

我不知道

是什么使我所向无敌

我必要

我必要犯一千种罪

我必要作一万种恶

我必要进入这天地的牢狱

我必要戴上这身心的枷锁

我必要与你一起

服这人世的刑期

与你一起

我拒绝忏悔

拒绝救赎

拒绝出狱

与你一起

我控告自己

十恶不赦

与你一起

我判决自己

三生有幸

我并非刻意与众不同

我并非刻意与众不同，

我不过坚守自我而已。

恰恰就是芸芸众生，

孜孜追求出类拔萃。

我不能阻止你把世界打碎，

你也不要阻止我拼在一起。

我可以让渡尊严，

绝不做灵魂交易。

那践踏我的，

我愿抬举你。

那抬举我的，

我受之有愧。

我不是神，

我是人类。

我爱你们，

也爱自己。

一意孤行

我之敢于一意孤行，
只因为身后有你；
我必须要十全十美，
只为了你的期许。

你的意愿就是我的意志，
你的愿力就是我的动力。
有你，就没有我占领不了的高地，
有你，就没有我实现不了的奇迹。

来吧！让我们一起，
再救一个兄弟；
来吧！让我们一起，
拯救我们自己。

来吧！让我们一起，
拿起大爱的武器；
来吧！让我们一起，
接受信仰的洗礼！

我是如此卑微

面对虚空，
我无能为力。
我看到自己无处遁形，
又看到自己销声匿迹。

我是如此卑微，
一朵花开就会让我无比惊喜；
我是如此怯懦，
一片叶落就会让我极端恐惧。

我就是这点出息，

守财奴一样抱着心底的秘密；

以一千首一万首赞美诗歌颂草木，

却没有勇气说一声我爱你。

我甚至不敢去问，

你是谁？你在哪里？

面对虚空，

我无能为力……

我的罪过是热爱这红尘

我试图以物理的方式

无限向神靠近

我要把自己的肉身

还有自己的灵魂

放置到最高处

飞行在万米高空之上

我突然悲从中起

泪水沾襟

俯瞰我挣脱而出的大地

这满目疮痍的行星

在无边无际的宇宙孤独飘零

不过也是汪洋大海之中
一座小小的钢锯岭
依旧充斥着杀戮与血腥
谁是那个赤手空拳的医疗兵
来救赎这受苦受难的生灵

此刻，黄昏
我的左手残阳如酒
我的右手初月如茗
我可以与谁细啜或者豪饮
看万物枯荣
论人类死生
让那亘古不变的轮回沦为瞬息
让那瞬息即逝的涅槃成为永恒

我终归降临到尘世之内
承受这痛苦，领受这欢欣
我携带的唯一的行李
只是一颗无人在意的痴心
我甚至没有一支吗啡为你止痛
没有一支绳索为你死里逃生
请宽恕我的罪过

我的罪过也是热爱这红尘！

亲爱的道斯，亲爱的多萝西

亲爱的多萝西
如果我不能坚持信仰
我不知道如何与你共度余生
我只想以最好的自己与你在一起
我的骄傲
只是我愿意卑微到尘埃里
我相信初心不改
即使在尘埃之中
我也可以接近上帝
我也可以爱你

道斯，我爱你
是因为你与众不同
我爱的是我心中独一无二的你
而不是别人眼中格格不入的异类
打碎一个完整的世界
只需要野蛮和暴戾
而拼起一个破碎的世界
才需要慈悲和勇气

即使整个世界驱逐了你

我也会与你站在一起

如果这个世界继续向着末日狂奔

亲爱的，让我们坚守在这里

坚守彼此的爱

坚守各自的皈依

等待迷途的人类

浪子来归

一支被拒绝的枪

我生性嗜血

心中充斥着杀戮的欲望

时刻准备着呼啸而出

击穿敌手的头颅或心脏

以累累白骨

垒起胜利的丰碑

直到一个懦夫

勇敢地将我拒绝

被遗弃在蛮荒的泥土之中

被某种信仰感动

杀气腾腾的子弹

变成脉脉含情的种子

在死亡之地

结出生命之果

时间与父亲的角色

在一切之前

在一切之后

在一切之内

在一切之外

比上帝更仁慈

比魔鬼更残暴

让不存在的出现

让存在了的消失

让弱小的生长

让强大的死亡

让人与万物分别

让万物与人归一

美与丑

善与罪

真实与虚无

你一一认受

你造物

你终结

你是人间之子

你是天上之父

老兵，你是卑微到尘土的神

挣脱了死神的魔爪

逃不出时间的掌心

咬牙活着的每一个日子

只为延续那些死者的生命

当灯红酒绿淹没战火烟尘

谁还记得他们的牺牲

太阳一次又一次照常升起

他们再也等不到黎明

那地狱般的战场
那末日般的血腥
如今只是光怪陆离的闹剧
灵魂的据点失陷，精神的高地陆沉

在那草木萋萋的荒野
沉默着多少无名的英名
那傲视天下的纪念碑
安放不了卑微到尘土的神

钢铁摧毁不了的意志
生活摧残殆尽的肉身
如果不曾向仇恨与黑暗宣战
如何赢得内心的和平与光明

我早已与不朽的弹片骨肉一体
人间还有什么异物我不能容忍
当我与先行的战友重新集结
我将以舍利子存在而永恒

老兵，你是度尽劫波的佛

炮声沉寂之后

时光的子弹

呼啸而过

死里逃生的青春

又被残忍地击落

一杆老枪挂在墙上

早已生锈

面对你，我无话可说

我是如此无知

如何懂得你的沉默

你表情麻木的面孔

不见一点杀气，一点怒火

谁是你的敌手

不再在意，不再深究

眼睛一片迷茫，一片模糊

或许夜深人静的时候

你触到某一处伤口

却不记得身受的创痛
只想起黄土之下
那些战友的孤独

即使在和平年代
我依然奉行战争哲学——
不是你死，就是我活
面对你，我低下好斗的头颅
无语泪先流

面对你，曾经金刚怒目
恨只恨，除不尽
众生心魔
那是因为爱
而不是因为仇

面对你，而今菩萨低眉
忍不忍，轮回着
人间疾苦
那是因为悲悯
而不是因为愧疚

老兵，我顶礼你

不犹疑牺牲血肉之躯

为了心上的爱人，头上的祖国

却拒绝让渡信仰之灵

向现实投诚，向世俗屈服

老兵，我顶礼你

你不是从地狱逃离而是被天堂放逐

你宁愿做岁月的俘虏

绝不做生命的叛徒

我顶礼你，你是度尽劫波的佛

注：

电广传媒影业出品，梅尔·吉布森（Mel Gibson）导演的《钢锯岭》，改编自二战上等兵军医戴斯蒙德·道斯（Desmond Doss）的真实经历，他因为拒绝持枪，曾被军事法庭审判，最终却凭借坚定的信仰，留在军队成为一名不带武器的医务兵 。

在美军和日军抢占“钢锯岭”一役中，戴斯蒙德·道斯赤手空拳，冒着日军的狂轰滥炸，独自救回了75个战友的生命，并因此获得了美国国会荣誉勋章。他也是历史上唯一没有杀敌，而获得最高荣誉的美国军人。

冬至

在这冬季最漫长的一天
窗外的草木依旧沉默无言
似乎那些从身上失去的叶子
被各种各样的脚步践踏
与自己毫不相干

我想起人类经历的那些严寒
那些瘟疫的洪水，饥荒的猛兽
那些循环往复的屠戮与战乱
那些血写的发黄的史册
也被我视而不见

同样的戏码总是重复上演
一如时光的交替年复一年
前仆后继，逃脱黑暗的墓地
又在地狱与天堂之间辗转
奔赴罪恶的深渊

是的，一阳来复

冬至已至，春已不远

我将在适当的时候

把一朵最美的花

放到最丑的树枝上面

我将在适当的地方

把一颗最好的心

放到最坏的人世之间

因此我必须从现在开始

与窗外麻木不仁的草木

以及世间自以为是的人类

一一倾谈

刀与笔

这是多么美好的世纪
刽子手的刀尖
奇葩绽放，浓艳欲滴
人血的腥气
比墨汁的香醇
更令人陶醉
更令人回味

当嗜血的屠刀
终于进化到笔的阶级
谁还可以辩驳
这不容置疑的逻辑
明天，太阳将从西边升起
撒旦将在黑暗的黎明登基
成为普照万物的上帝

空房间

我恐惧于外面的

熙熙攘攘

我恐惧于里面的

空空荡荡

我不知道

应该破壁而入

还是破壁而出

我无所依凭的灵魂

可以安放在什么地方?

陌生的人

你可不可以为我把门打开

让我把真心的笑容贴在门内

把假意的面具挂在门外

让我在前世忍住的泪水

在今生汹涌澎湃

洗尽人间所有的尘埃

看不见你的存在

这是黑暗的城邦

还是光明的殿堂

我必断琴而去

我须仗剑而来

我不相信这个世界

永远空空如也

洛城月夜

大地荡漾
沧海入定
我自人类的反面
腾空而起
进入神的领地

尘世既已被我离弃
还有什么值得我留意
唯一放不下的
只有你
只有你对我的无情无义

在肉身之外不期而遇
握不住你的冷血
我的热泪
握不住伸手可及的星光
俯拾即是的沙粒

在星空的沙滩之上
吾爱
你找不到我的足迹

The Moon of LA

The earth waves

The sea at rest

I roared up

From the back of human beings

Enter the territory of Gods

I have given up the earthliness

Nothing more in my mind

Only you I never

Never forget

And your merciless

Leave the body to across

Can't hold your cold blood

And my hot tears

Just like the nearby starlit

And the countless sands

On the sand beach of stars

You my favorite

Can't find my footsteps!

新地

（NASA 称 40 光年外发现七颗类地行星）

大陆开始漂移
世界分崩离析
铠甲成为图腾
坚不可摧
男人嗜血
女人耽泪
面孔与面孔
界线与墙壁
眼睛与眼睛
暗堡与武器
年复一年
日复一日
在太空寻找
地球兄弟
在心中迷失
人类自己
与谁一起
归去来兮

New Land

The landmass is shifting

The world is tattering

The armor becomes totem

Too strong to be beaten

The males bloodsucking

The females tearing

Face to face

Rampart to boundary

Eyes on eyes

Weapons on barbacan

Year by year

Day by day

Looking for brothers

In outer space

Within our hearts

Losing ourselves

Where the fellow travelers

I come back with

(Los Angeles)

亲爱的杰西卡

Jessica，亲爱的杰西卡，

想起你，我就想起尼亚加拉

想起远道而来的水流

你中有我，我中有你

完成一次完美的邂逅

相拥着决然跳下

然后却各自天涯

Jessica ，亲爱的杰西卡

你现在哪？一切好吗？

你可记得那位来自东方的浪子

身无长物，只把一颗未染风尘的心

为你留下

你是否依然爱着他？

你可知道，有一种爱

杳无音讯后，彼此最牵挂？

Jessica ，亲爱的杰西卡

此别经年，我带着你的笑容

寻寻觅觅，再也找不到灵魂的家
你撒满心形剪纸的彩色信笺
也不知所踪，如我的青春年华
Jessica, 亲爱的杰西卡
可否再一次，去到尼亚加拉
让瀑布静默，让我用源源不断的激情说
Jessica，我爱 Jessica

下卷　如是我说

（散文诗）

缘

有缘相遇，请渡一程；到岸揖别，无须重逢。

善

这个世界或许需要神的大慈悲，但更需要人的小善意。

阳光

那普照众生的阳光，是我愿意随身携带的，唯一的身外之物。

在阳光之下，幸福地与尘土与草木为伍，我从来不感到孤独。

花事

从来没有一朵花因为美丽和芬芳而得到秋天的豁免。一切欣悦的感觉只不过是化了妆的痛苦。谁的手可以打扮那终极的花朵呢？那将在另一个春天的枝头绽放的，不是今生的同义反复，而是轮回的永恒皈依。那最高的意义，我必为你摘取。

风景

拥挤的路上，都是别人的景色；寂寞的路上，才有自己的风光。

路上的风景属于路，而不属于路上的人。竞逐于途的路人们，似乎永远不能理解和无法接受，所以依然前仆后继。

没有一处景点比我们的内心更拥挤、践踏得更不堪，但也没有一场旅行比回到我们的内心更艰难、更值得颠簸跋涉。祝你平安，路上的人类。

水

我掬一捧时间之水，却洗不去满面风尘；那就擦一擦眼睛，把这两岸的风景，看得更真。

一起

时光不会老去。老去的是那跟不上时光的脚步。那不愿放下随身携带的身外之物的，必跟不上时光的脚步。那跟不上时光脚步的，必黯然离开。那无所挂碍的，将与时光一起，焕然前行。人类，我将以万物之形与无形，将以众生之名与无名，与时光在一起，与你们在一起。

愚见

在一个物质至上的社会，做一个崇尚精神的人；在一个价值多元的世界，做一个本分守一的人；在一个聪明绝顶的时代，做一个愚不可及的人。

闭上眼睛，才看得分明，闭上耳朵，才听得真切，闭上嘴巴，才说得透彻。

视而不见为洞见，充耳不闻为赡闻，闭口不言为达言。

善与恶

对善的苛求与对恶的放纵，往往导向同一个结果：人心的崩坏与社会的堕落。

没有人性的神性是魔性，没有神性的人性是兽性。

那试图毁灭你的恶，终将成为成全你的善。一切恰如其所应当的样子。

善或许有懦弱的面目，其实有坚强的心。恶或许不可一世，其实不堪一击。善恶有报，这是先验之道，也是实证之理。

我甚至不愿与恶为敌，因为我不确定我是否可以理性地分辨恶。我坚持只愿与善为友，因为我确信我一定能够直觉地发现善。我宁愿被善恶不分之恶伤害，绝不伤害善恶难辨之善。

罪与福

虐待爱你的人是有罪的。善待恨你的人是有福的。

当你

当你才华横溢的时候，你需要德行做你的堤防。

当你富贵逼人的时候，你需要良知做你的仓廪。

当你势焰冲天的时候，你需要谦卑做你的根基。

当你声名远播的时候，你需要质实做你的碑铭。

人与心

最简单的两个字，最难读懂，又最难写好。一个是人，一个是心。

道

若有若无，若无若有。似是而非，似非而是。

光芒

愚昧蒙蔽了我们不谙世事的童年。聪明蒙蔽着我们世事洞明的成年。

照亮你生命的，不是那灿烂的星体，而是你内心的光芒。

相依

无始无终的宇宙，无常无住的我们。

无穷无尽的世界，无依无靠的我们。

我们是无源之水，只能相濡以沫。

我们是无本之木，只能相依为命。

虚实

空虚的人生有不堪其累的沉重。

充实的人生有快何如哉的轻盈。

充实的人生，了解人生原本是空虚的。

空虚的人生，以为人生必定是充实的。

种子

真生命的种子，甘于和敢于将自己埋没在泥土之中。真生命的种子，只有埋没在泥土之中，才不会被埋没。

没有看不见的根的委曲，哪有看得见的树的挺拔？那根的委曲越深重，那树的挺拔越高峻。

我

众声喧喧，我独默默。众生芸芸，我独茕茕。

去嗔痴，离苦乐；观自在，看空无。

当大地绽放，当天空盛开，当万物苏醒，吾爱，等我重来。

矛盾

从来都是这样，希望伴生着恐惧，绝望伴生着坚强。

如果不能节制对工具的欲望，最终只会沦为欲望的工具。

主仆

金钱是善仆，也是恶主。

欲望是点亮生命的火种，也是毁灭世界的火药。

选择

要自寻烦恼，就出去与人争夺喧嚣的世界；要自在圆足，就回来独自守护宁静的内心。

没有错误的道路——每一条道路都会抵达应该抵达的地方。只有错误的选择——每一次选择都有可能误入背道而驰的方向。

没有曲折的道路，不可能抵达高山的峰顶；没有迂回的河流，不可能通向大海的门庭。如若选择高度与广度，必须放弃捷径与坦途。

得

从内心的欲望走出来的，得自由；回到内心的欲望去的，得圆满。只有回到内心深处的，才能走到生命的远处。

赢

我拒绝用智巧赚取人生之利。我坚持以愚痴赢得世界之心。

活着

不要问活着的意义。活着，就是意义。你失去的，其实就是你的付出；你得到的，何尝不是你的负累。世界自有度量衡。生命之外无得失。

自为

全力以赴你力所能及的，神将给力你无能为力的。用心用真心，无为无不为。

只要勇敢面对，那曾经让你望而却步的，反而对你望而生畏。

墙

你们为了自己的自由，建造了各种各样的墙，然后把自己围困在墙之中。

我们最远大的见识，不过是隔断我们的那堵墙。

安静

平心静气，去欲空灵；格物致理，度人通神。

脱略名利，兼容是非。安于此世，不负平生。

诚

虑近勿跋远路，思浅勿涉深河。情重不吝轻付，心高不惜低头。

爱与恨

爱要用心。爱不要用心机。爱必须要有理性的智慧，而恨只需要有愚蠢的激情。

幸福

不为失落的过去懊悔，不为期许的未来焦灼，只为无忧无虑的现在心满意足。

身安是幸，心安是福，是为幸福。

有衣蔽体，有食果腹，有闲养性；无事费心，无物劳神，无病害身。人间至福，莫过如此。

自然而然就是优雅，无忧无虑就是幸福。

空净

不是我目空一切，而是凡我所见，一切皆空。空不是一无所有，而是无所不有。空，是要清除心中的窒碍，以包容一切。故空即是色，色即是空。

梦与道

痴人说梦才是美梦，问道于盲可得大道。

了然

一个人的一生，一个最易写的字，一件最难做的事，一个必将要到达的地方，一个不可能到达的境界，就是：了。

多少人不了了之，多少事了犹未了。多少事不了了之，多少人了犹未了。

修行

怎么修行？修剪。修炼。

怎么修剪？怎么修炼？

剪除贪嗔痴，是为修剪。炼就戒定慧，是为修炼。

剪是修心，去芜存精，明心见性。炼是修身，身体力行，证验正觉。

圣人持戒，君子慎独。

世界观

从无中创造有，是神的启示。从有中发现无，是人的觉悟。

神是世界的抽象，世界是神的具体。

敬畏和爱你遇到的每一个人，每一件物，即使再卑微，即使再孱弱，就是敬畏和爱神。

我所到的每一个地方，我都可以安身安心，我所遇的每一个人，我都可以相亲相爱。

道之四境

知道，执道，止道，至道。道成于学为知道。正道直行为执道。

适可而止为止道。与道合一为至道。

名

那主宰一切物的物，请你以美善的方式，显示你的正义。让美开美之花，让善结善之果。如若不然，我必以众生之名，开始质疑你的存在，我必以众生之名，重新定义你的真实。

珍与尊

生命脆弱，所以珍贵；生命坚强，所以尊贵。珍重生命的脆弱，尊重生命的坚强。

不要恐惧

你的恐惧，不是因为生命的无常，而是因为灵魂的无力。你不是向外在的强硬屈服，而是向内心的软弱低头。你做不了内心世界的主人，只能做外在世界的奴隶。泥土能阻隔种子与阳光吗？没有泥土的阻隔，就没有种子与阳光的遇合；河流能分割此岸和彼岸吗？没有河流的分割，就没有此岸和彼岸的守候。没有任何事物可以离间我们。如果我看不到你纯净的笑容，那一定是无知的灰尘蒙住了我的眼睛；如果我听不到你清净的言语，那一定是欲望的喧嚣使我充耳不闻。你看哪，每当我失去一切的时候，我才发现自己的存在，遗世独立，却主宰这世界；你看哪，每当我拥有一切的时候，我却找不到自己的存在，被这世界的洪流所湮没。你有什么需要拥有，你有什么不能失去呢？你为什么恐惧，可怜的人类？

敬奉

我愿谦卑地向每一粒灰尘致敬，我信他们曾经是英雄美人的真身。

师

拜天为师，以广胸襟；拜地为师，以养厚德；拜人为师，以修身为。

天心

天命所在，我生自在。天理所为，我道自为。天意所弃，避之不及。天心所向，趋之不怠。天威所加，受之无怨。天恩所赐，受之无愧。

愿望

我满足于做一个胸无大志的人，只要实现一个小小的愿望：让那无力的生命，至少载起一朵花的重量。

良知

除了内心的良知，没有什么外在的事物让我痛苦；除了内心的自由，没有什么外在的事物给我快乐。

仁与智

仁者无忧。忧在身外，置之不理。智者有疑。疑在心中，存而不问。

或问：何谓仁？何谓智？曰：具同情心者仁，具同理心者智。

推己及人，人道；推人及物，仁道。

那仁爱众生的，我必以众生之苦为你受苦，我必以众生之福为你祈福。

救赎

如果你们可得救赎，我甚至愿意出让自己的灵魂。

我要抛弃自己所有的一切——因为我要拥抱世界所有的一切。

度

众生平等。那爱我的，我爱他，敬她，亲它；那恨我的，我亦爱他，信她，度它。

约会

人生不是一场预知的约会，而是一场未卜的邂逅。请善待在你生命中出现的每一个人，无论偶然，还是必然。这就是爱。

醒

那在睡梦中活着的是不幸的。那在睡梦中死去的是幸福的。我在似梦似醒之间。我向不生不死之地。

修炼

我一定要将今生所有的梦想，修炼成最亮最美的那颗星，在你醒来的那刻，焕发所有的光芒。

石语

春风来时，我无花开；秋风起时，我无叶落。我只是一块不解风情的石头。你不会知道，冷漠的我，心中坚硬着岩浆的温度。这就是我：要么做一颗发光的星星，要么做一块沉默的石头。

万一

这才是万一：为了恰好与你相遇，我已经轮回了一万世，何妨再在这尘世，苦苦等待你一生。

等

滋润小草的一滴露珠，与泽沛大地的一条河流，付出的爱等量齐观。

分享

世态的炎凉，恰如季节的冷暖；季节的冷暖，恰如世态的炎凉。是自然的常态，是人生的原样。每一种温度，我愿与天地同感，与日月同受，与万物分担，与众生分享。

守心

如果内心的欲望不能让你臣服，身外的诱惑岂能让你俯首？让那善美的，成为你内心的主人。让那罪恶的，成为你身外的过客。众生，请看好你的心！

一

以富贵服人者，一时；以情理服人者，一事；以道德服人者，一世；以思想服人者，一切。

牧心

心窄者，纵宇宙之广远，亦如牢笼，不得其门而入，不得其门而出，宛若困兽；心宽者，纵牢笼之局促，即为宇宙，上可振于天，下可潜于野，恰似风流。众生！你若不为心的牧人，你必为心的囚徒。

守护

无论你睡去还是醒来，我必将把眼睛睁开。我必将顾守你的呼吸，照拂你的梦境，看护你的灵魂。

因由

谦卑的人是因为有着高贵的自信。忍让的人是因为有着悲悯的雍容。冲和的人是因为有着囊括的器宇。

誓

在尘世的迷魂阵中，我只朝圣一个方向，就是你所在的地方。

我一定要做一个前无古人后无来者的赌徒。

我愿意输掉一切，甚至自己的生命和灵魂，只为了赢得你的心。

止

一粒灰尘若不能在一渊静水中激起些许微澜，一世沉浮又如何能在一颗寂心中引起丝毫波纹？

如果欲望的风再也不能吹动我的心，偏见的云如何还能遮住我的眼？这个纷繁的世界我早已一目了然。那个清静的世界我早已了然于心。

知

知趣知无趣，知足知不足；无为无不为，无情无不情。

报偿

因为抱歉当年不谙世事的我，用啼哭惊扰了这个陌生的世界，所以我要用一生的微笑来报偿，这个接纳了我的世界的亲切。

证

你在企求什么？你在寻找什么？你所需索的，必在你心所寄之处与你邂逅；你所失去的，必在你心所安之处重新获得。

我必践诺我的预言，让你亲历见证信服。

我心

我带着一颗美好的心来到这个世界，就是为了让这个世界有一颗美好的心。

微笑

我是如此安于和乐于做一个自作多情的人——即使全世界都对我怒目而视，加以仇恨与摧折，我都要报以没有一丝杂质的微笑。

不战

那虎视眈眈的，你不用虚张声势，就可以轻易击败我。我只有一种古老的兵器——爱；我只有一道天然的防线——宽恕。

世人啊，请你原谅我！我只懂得爱，我不懂得世故。

诺

那受咒诅的，我必减除你的惩罚，如果你愿分担，罪之恶，以为救赎；那蒙祈祝的，我必加持你的福祉，如果你愿分享，仁之善，以为普度。可怜的人类，我的使命不是把你们从地狱带到天堂，而是与你们一起，把地狱变成天堂。

易

你还是昨日之你，我已非昨日之我。我该为你悲，还是该为你喜？我诚愿你的聪明，永远开着春天的鲜花，在热闹的枝头怒放；我唯愿我的愚蠢，终能结出秋天的果实，委坠于沉寂的大地。

放不下

我什么都不能放下。我把一片云看得比天还大。我把一粒沙看得比山还重。我把一滴水看得比海还深。我把一盏灯看得比太阳与月亮的总和还重要。我生命的价值就是做一个守财奴：一瓣凋落的花，一片飘零的叶，一道身外或者心内的伤痕，我都视为神圣的财富，我都紧紧收藏在囊中，作为我从这个世界去到那个世界的行李。这个世界所有的一切，一切的所有，我都热爱，我都珍惜，我都不能放下。

其谁与归

我选择站在众生一边。我拒绝与神祇为伍。我不要你膜拜我。因为我所热爱的，恰是凡俗的事物。因为我必将你，视若为我。

我愿作为人类的代表，与草木站在一起，共体他们瞬息的荣枯。我愿作为人类的代表，与神灵站在一起，分享他们永恒的荣耀。

偏

如果我有偏颇，请不要让我有偏激。如果我有偏见，请不要让我有偏废。如果我有偏好，请不要让我有偏爱。孩子，如果我偏心，请不要让我偏执。

梦

生命就是一场失眠！一边盼着马上沉入梦的黑暗，一边想着立刻抵达醒的黎明。而这就是我的梦——把你们从梦中一一叫醒。

使命

一切美好的东西都是易碎品。耐用的总是那些庸俗的事物。我被招来打扫世界这间客舍——用一把庸俗耐用的扫帚，收拾那美好易碎的残片。

为什么我总被庸俗的情感左右？因为我只热爱这庸常的众生，和那世俗的事物。

居

在南山脚下，桃花潭边，用一只月亮的银盘，盛几粒星星的瓜子，与神交已久的古人，边饮，茶亦可，酒亦可；边嗑，吞亦可，吐亦可；边谈，天下亦可，美人亦可。这才是我要的生活。

随心

变动不居的世界让你感到不安。一成不变的世界让你觉得无趣。心是动的，世界就是动的。心是安的，世界就是安的。我的世界，随心而动，随心而安。

原因

这就是我所有痛苦和快乐的唯一原因：有着一双老人的眼睛和一颗婴儿的心。落满凡尘的老眼浑浑沌沌却洞明世事；一尘不染的童心清清白白却冥顽不灵。

诛心

有的人为了追逐目标，不惜放弃底线；有的人为了恪守底线，宁愿牺牲目标。君子与小人之辨，就在目标的取与舍、底线的坚持与妥协之间。目标可以再造，底线不能重设。

小人永远想象不到君子心地的高洁，正如君子永远想象不到小人心地的卑污。

我毫不隐讳地以小人之心度君子之心。我必要洞烛小人之心的黑暗渊深，方能洞见君子之心的广大光明。

真相

神圣的面具下，可能有一张邪恶的脸。

城府

处心积虑的人，你再深的城府，也装不下整个世界。

雪

是寒潮，而不是暖流。让水的生命形态，升华为雪。

影子

太阳把一个人的影子，投射在大地之上，形如巨人，他说，我真伟大！

蚂蚁

在一只蚂蚁的世界里，一颗沙就是一座不可逾越的高山。但在高山之巅，依然有渺小的蚂蚁存在。

我与他

若“我”眼中，唯“我”独尊，“他”无足轻重，则“他”

眼中，“我”无关紧要。因“他”眼中，“我”即是“他”，“他”即是“我”。自重者自轻。自信者自卑。自强者自弱。自爱者自省。自爱者必爱他，自恋者必他弃。

为与不为

为，需要勇气和智慧。不为，需要定力和德性。选择为与不为，需要智慧的定力和德性的勇气。

看客

看呐，天地万物是这舞台的布景，日月星辰是这舞台的灯光，芸芸众生是这舞台的角色。循环演出的戏码，无非生老病死，悲欢离合。看呐，这舞台上载沉载浮；看呐，这舞台上且笑且哭；看呐，这舞台上趋之若鹜；看呐，这舞台上黯然谢幕。刀光剑影铁销，儿女情长魂断。帝王将相成灰，才子佳人化蝶。千篇一律的故事，周而复始的情节，欲罢之而不能，欲求之而不得。叫好，叫座，唯此一出。我问：谁愿，甘当看客，淡然飘过？

代价

越是痛苦的改变，越是有改变的价值。越是艰难的抉择，越是有抉择的意义。

感恩

请感恩命运为你安排的一切。它昨天为你设置的陷阱，或许正是今天容你避难的处所。它今天加在你身上的伤痕，或许正是明天为你加冕的勋章。

感恩爱你、呵护你、帮助你的人，是他们让你的心柔软；感恩恨你、忌惮你、打击你的人，是他们让你的心坚强。有一颗柔软的心，你才有付出爱的资本；有一颗坚强的心，你才有对付恨的能量。

定律

聪明的人永远不能明白、永远无法记住的定律：春风得意时给你锦上添花的，必在寒流滚滚时给你雪上加霜。炙手可热时对你趋炎附势的，必在岌岌可危时对你落井下石。

安

我要做一个随遇而安的人。既然来到了这个世界，我就不急着离开。世界之美，怡然领受；世界之丑，坦然承受；世界之善，欣然接受；世界之恶，毅然忍受。美丑善恶，我皆享受。

本色

曾经是春天夺人眼目的鲜花，招摇着一朵妖娆热烈，却经不住风摧雨折。而今要作秋天摄人心魄的红叶，纵然再有霜欺雪逼，沉静着一片高贵血色。

愚

可怕且可怜的人啊，当你沾沾自喜于人性的进化，我是多么愿意多保留一点动物性——愚昧、愚钝、愚直，自然、自由、自在。

本真

真理在平常事物之中，真情在平常人物之中，真性在平常事物与平常人物之中。

网

只有与你的内心建立了联系，世界上美好的一切才能实现美好的意义。只要与你的内心断绝了关系，世界上丑恶的一切就会失去丑恶的作用。

美

大美必静默。比如夜晚的星空。比如春天的花朵。比如入定的大海。比如冷峻的高山。但请允许我以人类的语言，翻译这神灵的秘籍。如是我静。如是我默。

觉

以为天堂必在很远很远的地方。当你义无返顾，历尽磨难，终于抵达很远很远的地方，蓦然回首，方才惊觉，你出发的地方，就在很远很远的地方。

福报

天道不是现场交易，不会即时给你兑付公平与正义，甚至还会亏欠你的付出与牺牲。天道更多是你良知与仁善的储蓄，终有一天，将会加倍支付你福报的利息。

定义

只有自己定义自己的人生，人生才有真正的意义。

简

简单不一定美，但复杂一定不美。人如是，物如是，事如是。

棋

真正的顶尖棋手，不一定最善于搏杀，但一定最善于弃子。

成败

失败不一定是耻辱。有一种失败，虽败犹荣。

胜利不一定是荣耀。有一种胜利，胜之不武。

纲

美味佳肴，盐必不可少，味精可有可无。美丽人生，德必不可少，才识可有可无。盐为味纲，德为才纲。

缺

一个没有缺点的人，正如一间没有窗口的屋子，必然是黑暗的。我必然要做一个有缺点的人，这缺点为我打开光明。

我拒绝做一个完美的人。无缺无以至广大。无缺无以至深厚。日月，天之缺。江河，地之缺。

人啊，请为你的不完满庆幸。在你行将就木之前，你只是造物的未完待续。

季节

季节的炎凉可以改变我身外的温度，人生的冷暖改变不了我内心的热情。

笑

我向着每一件事物微笑。我在每一件事物中看见笑容。

错

我犯下的所有错误，都是为了铺设正确的道路，以便在正确的地方和正确的时间，与正确的你相见。因为无愧你的遇合，所以无悔我的错误。

历史

选择的历史比臆造的历史更虚假。语言本来是人类发明用来相互了解和交流的工具，后来却沦为煽动彼此仇恨和杀戮的武器。

在阴谋中狼狈为奸的，曾经最好的朋友将成为最凶恶的敌人，如宇文化及之于隋炀帝。在大义下不共戴天的，曾经最大的敌人将成为最忠实的朋友，如魏征之于唐太宗。

偏见对偏见者来说，就是唯一的正见。于是我们各持己见。一个各持偏见的社会，不会误入歧途；而一个各持正见的社会，却不会走上正途。这就是全部的人类史。

自从将自己从动物世界解放出来之后，人类过去所做的一切就是不断制造牢笼以囚禁自己，现在所做的一切就是不断挖掘坟墓以埋葬自己。

句法

人生不是一个内涵简单的短句，不仅要有“因为、所以”的理所当然，还要有“虽然、但是”的迂回转折，才能构成完整丰富的意义。

和

这就是良知——即使不得不向人性之恶妥协，也只是忍受与它和平共处，而绝不接受向它结盟示好。

量

心是如此之小，哪怕只是落下一粒恨的灰尘，也会蒙蔽日月星辰的光明。心是如此之大，即使仅仅打开一扇爱的门窗，就能汇聚天地万物的生灵。那爱我的，和那恨我的，无论是节日，还是平时，我都要祝福你，以众生之名。

书

我用星空的键盘，敲下光明的文字，让真正懂得的你，开始低头沉思，不再昂首仰望。

心像

这个世界曾在我意料之外的一切，都将在我的意料之中。

从今往后，只有我的淡定从容，让这个世界惊诧莫名。

献

虔诚的人啊，你愿意将一切献与神，殊不知神愿意将一切献与人。

秘密

在破土而出举起春天的旗帜之前，掩埋在雪地下的种子，与泥土一样沉默着。如果不是终于醒来的春雷将它的梦想唤起，没有谁知道，它小小的心中，竟有着如此惊人的秘密。

恐惧

真的勇士，不仅要直面内心的恐惧，而且要恐惧内心的无畏。

时间

时间带走一切。时间带来一切。时间留下一切。这一切，去的我放弃，来的我欣喜，留的我珍惜。

信任

我相信每一个人。不是因为我愚蠢，而是因为我真诚。

我相信这个世界值得我相信，因为至少我是这个世界的一部分。

我就是这么一个简单的悲观的乐观主义者：只要看到有一朵花是美丽的，我就认定春天是值得拥有的；只要发现有一颗心是善良的，我就确信人间是值得珍爱的。

风

春风也好，秋风也好，东风也罢，西风也罢，可以吹动的，随风而舞，随风而逝；不能吹动的，任风轻薄，任风轻狂。

看

从满处看空，从实处看虚，从浓处看淡；在闹中守静，在动中守定，在变中守恒。

证明

试图证明你自己，只能证明你对自己存疑。要让自己的存在，成为你的证明。

求

我交给这个世界的，是全部的爱；我要求这个世界的，只是一点善意。

希望

希望是花，开在绝望的悬崖。因为艰苦卓绝，所以美艳绝伦。绝望只会追逐那些逃离希望的人。那把绝望踩在脚下的，将把花冠戴在头上。

花之心

做一朵这样的花：即使堕落，芳魂一缕；一旦觉悟，必成正果。

花之性

鲜花不会因为注定凋零而羞于娇娆地绽放芬芳。太阳不会因为注定坠落而怯于骄傲地升起辉煌。人生不会因为注定死亡而忧于轰轰烈烈地活出模样。

拒与爱

如果这个世界要将所有的爱赐给我，我必受之有愧，我只接受我能够消受的那一份；如果这个世界要将所有的恨加于我，我必敬谢不敏，我只接受我可以忍受的那一份。

在

我要学那广种薄收的农人，在日趋贫瘠的心灵之上，遍植善根。即使得不偿失，也不停止劳作的辛勤。你来，我不与闻。不来，我不追问。我就在此时，我就在此地。

草

在历史的旷野之上，我看到的，不是那不可一世的大树撑起了高天的灿烂，而是那卑微孱弱的小草葆养着大地的生机。

大树一定会比小草爬得更高。而小草一定会比大树走得更远。

炎凉

如果在夏天抱怨过炎热，就不要在冬天抱怨寒冷。这个世界从来不会为任何人准备恰恰好的温度。所有的炎凉，必须一体承受。

勇气

那以践踏卑微的小草为乐的，决没有勇气将高岸的大树踩在脚下，让自己的灵魂得到攀升。

谦与恕

谦以对天地：卑微如我，得天之高远；浅薄如我，得地之深厚。

恕以待人：凡俗如我，得神之护佑；无助如我，得人之辅佐。

谦，言以行兼；

恕，如我心愿。

雾

我对这窗外的雾毫不在意，任它去锁住这天这地。因为这世界的混沌，不是在我们的窗外，就是在我们的心内。

恩赐

在无边无际的宇宙之中，地球是唯一的生命所在；在无穷无尽的生命之中，人类是唯一的人生所在；在无怨无悔的人生之中，你是唯一的心之所在。许我存在，这是不可思议的奇迹；与你相遇，这是不期而至的恩赐。我唯以最大的敬畏，感戴这奇迹；我唯以最大的谦卑，珍重这恩赐。

心境

于己之苦痛，有坚强之心，于人之厄难，有敏感之心；于己之过失，有苛刻之心，于人之错误，有包容之心；于利己之事，有退让之心，于益人之事，有进取之心。

得失

失聪者得天地之大音。失语者得万物之大言。失明者得日月之大光。失忆者得人生之大乐。忘我者得宇宙之大心。

我心依旧

我心百炼为钢，又百炼为绕指柔。击之有铿锵之声，抚之无刻凿之痕。我心已非，我心依旧。

心依然

一回眸，看见过去；一转身，回到从前。身已老，心依然。

一棵树

想象自己是一棵树，端坐在任何一处生长的地方。阳光一片一片落在身上，仿佛雪花一片一片落在身上，纯洁，而且温暖。这是多么自如自足的世界。我愿如一棵树一样被照拂，被安抚，被感动，并愿在哪怕是最冷的季节，以生命中最深的绿意，感戴这无量的天赐。

无用之物

我将选择一种被人视作无用之物的存在方式而存在，比如阳光，比如空气，比如水……你尽可以漠视、践踏、离弃这无用之存在，而我将以无用之用而存在。

预言

请记住今天的预言：当大地沉默的时候，你必听到天空的惊叫。

星辰

那黑夜的星辰看上去如此渺小，只是因为与白昼的太阳相比，它们照得更远，站得更高。

灵魂

无论安身在什么地方，我的灵魂必在路上；无论奔波在哪条路上，我的灵魂必在出发的地方。

见

我看到那些衣袂飘飞的人，端坐在草木之间，与飞禽走兽相谈甚欢。他们和它们，分享着彼此的秘密。那秘密不可告人。因为他们和它们，与人类无话可谈。待我姗姗来迟，他们已绝尘而去，它们已面目皆非。

大仁

大仁无义，有义则偏；大爱无情，有情则私；大道无理，有理则迷；大信无凭，有凭则疑。是以圣人有仁无义，有爱无情，有道无理，有信无凭。

叶与花

如果一片叶子飘落的时候，你无动于衷，那么一朵花蕾绽放的时候，你为什么想入非非？如果没有什么需要怜惜，那就没有什么值得欢喜。

真者无失

真英雄，无失路之叹；真美人，无失意之悲。真君子，无失信之患；真圣人，无失爱之虞。

迷恋

我将迷恋你到来时的面容。你到来的时候，你的面容必戴着魔鬼的面具。我将迷恋你离去时的背影。你离去的时候，你的背影必背负着天使的罪名。

错与对

有些错，只需要记取，不需要改正，改正，是更大的错；有些对，不需要重复，只需要扬弃，扬弃，是最大的对。精心的对，与真心的错，你选择什么？我的选择是：错！

见证

我不是有目的地旅行。我是无目的地观光。我不去任何地方。我不带你们去任何地方。我看着你们竞逐凶猛。我看着你们各擅胜场。我看着你们风流云散。我看着你们次第消亡。而我散漫于途。而我高歌狂饮。而我浅酌低唱。可怜的人类，你们抓不住一只蝴蝶的翅膀。而这一只蝴蝶，不过是我的一场酣梦。

愿

若以愿出，纵千难万险，亦百折不挠，事可必成；若以誓出，即稍有小挫，或知难而退，事未必成。愿心大于誓心，发愿重于发誓。

蚂蚁

我的栖居，是我真实拥有的世界。但真实的世界，在我真实拥有的世界之外；我的生命，是我真实拥有的存在。但真实的存在，在我真实拥有的存在之外。人啊，你们都是一只困于水滴中的蚂蚁。

实相

无才是有，失才是得，慢才是速，缺才是全，愚才是智，弱才是强，空才是满，虚才是实。

你我

你看到的，是你能看到的。你听到的，是你能听到的。你想到的，是你能想到的。你看到的，是你想看到的。你听到的，是你想听到的。你想到的，是你想想到的。我不看。我不听。我不想。因为没有什么值得我注目。因为没有什么值得我侧耳。因为没有什么值得我费心。

困

看吧！蜘蛛们为了捕食猎物，费尽心机编织着罗网。它们自以为得计，殊不知却把自己一生困在了网中央。

兔与龟

兔子的错误，不是在中途轻视对手，而是一开始轻视自己，把不是对手的对手当成对手。

相与象

一样的人间灯火，掩映着不一样的欢笑和泪水。我所看到的，既是真相，也是假象。

自由

看呐！鸟在飞翔。不是为了抬举自己的高度，而是为了释放翅膀的自由。

方向

如果找不到心中的方向，我就待在出发的地方。我不想将有限的生命，浪费在无尽的路上。

理解

我试着去理解所有的事物，总是不得其解。我试着去理解所有的人，于是豁然开朗。

过客

我骑着虚幻的马，行走在真实的世界。你骑着真实的马，行走在虚幻的世界。我打马走过你的世界，我看你亦真亦幻，你看我亦幻亦真。

不可思议

你看不到我的心。不是因为高深莫测，而是因为澄彻透明。你看到的，就是没有任何滞碍阻隔的世界。于是你感到不可思议。

擅

擅飞者必坠于天，擅泳者必溺于水，擅战者必毙于剑。万物皆死于其所擅而生于其所不擅。

智

苏格拉底说：只有在愚蠢的人中间，有智慧的人才被认为是缺少智慧的。以苏格拉底的智慧尚且不明白：没有比在愚蠢的人中间有智慧的人更缺少智慧的了。

始与终

如果时间有起点，我就回到起点，让时间不要开始；如果空间有终点，我就去到终点，让空间不要结束。

渡

渡你过河的，不是船，而是水。

夜雪

这转瞬即逝的雪野，如我今生。那永恒不坠的星空，如我来世。我以这转瞬即逝的空静，示现那永恒不坠的纯美。你看不见，那在黑暗中恣意飘飞的雪，依然洁白。如我确信，这在俗世中历尽沧桑的心，依然纯真。

如果寒风侵凌，柔雪也会披上坚冰的铠甲，拒不屈服。只有阳光的手，可以解除她的武装，让她投降，让她哭泣。

树与影

一只鸟，看见一棵树，确信一棵树是真实存在的。一只蚂蚁，看见一棵树的影子，确信一棵树的影子是真实存在的。一个人，看见一棵树，和一棵树的影子，确信一棵树，和一棵树的影子是真实存在的。我看见一个人，一只鸟，一只蚂蚁，一棵树，一棵树的影子，不能确信，我是真实存在的。

花道

一朵花决不以否定另一朵花来证明自己的美。美的生命只要绽放自己。只有在历经四季轮回之后，我才了解一朵花的性格。一朵花不会因为赞美而骄矜。一朵花不会因为诋毁而颓丧。美丽着，芬芳着，这是一朵花恪守的本分，这是一朵花坚持的原则。开。谢。

镜像

你只有在镜子中，才能看到你自己。而那一个你，却是虚幻的存在。你看不到真实的你。

值得

只有照拂众生的星辰，才是值得天空关照的；只有化育万物的山川，才是值得大地抬举的。

一切

一切实有，终归断灭；一切虚无，究竟永存。实有皆虚无，虚无即实有。

永恒

我看见了永恒，就在我看见永恒的那一瞬间。冰，在夏虫的永恒之外。昼，在昙花的永恒之外。

自由与秩序

没有心灵的自由，就没有理性的秩序。反之，没有理性的秩序，就没有心灵的自由。心灵的自由就是对理性的秩序的笃信，理性的秩序就是对心灵的自由的确认。

平等

阳光普照一切胎生、卵生、湿生、化生。太阳之下一切众生平等，无偏见，无偏私，无偏废，无偏爱。

内外

外部世界赋予的，无论祸福荣辱，终归身外之物，任命运予取予夺。内心世界拥有的，无论善恶美丑，究竟心中所属，唯自我欲舍欲得。

囚徒

你们都是自己的囚徒：不是恐惧于奴役，就是恐惧于自由。

无知

人的自信与自卑相比更多地出于真正的无知。

缘分

我相信生命中出现的一切，都适逢其时，不早不晚。我相信生命中所有的一切，都恰如其分，不多不少。

诱惑

空中最美好的一切，诱惑不了水中的鱼。水中最美好的一切，诱惑不了空中的鸟。你们以为最美好的一切，又怎么能够诱惑我呢？

春天

没有一条通向春天的道路是没有泥泞的。

无论是阳光，还是雨水，只要是在春天发生的一切，毫无疑问地是正确的。

我以同样欣悦的心情欢呼春天的阳光和雨水。因为它们有着同样化育万物的善意和良心。

梦与醒

一醒一梦即是一世。转世又是一梦一醒。此生多少次昼与夜，梦与醒，就有多少次轮回与来归。梦，要梦得精彩。醒，要醒得通透。

忙与闲

为今天劳作的忙人，往往是“盲人”。为明天思考的“闲者”，往往是贤者。

眠

一个人不可能戴着王冠安卧，却可以枕着草帽高眠。

错误

我们最常犯的错误，不是以偏概全，就是以全论偏。一人一宇宙，一念一世界。

屋顶

屋顶是蝙蝠的天空。天空是鹰隼的屋顶。

有与求

一朵花不会说：我要做一朵美丽的花。我要做一朵芬芳的花。因为只要是一朵花，就一定是美丽的，就一定是芬芳的，分别只在于是妖娆的，还是蕴藉的，是浓烈的，还是清淡的。美丽和芬芳，是一朵花所有的，而不是一朵花所求的。

我们

无始无终的宇宙，无常无住的我们。无穷无尽的世界，无依无靠的我们。我们是无源之水，只能相濡以沫。我们是无本之木，只有相依为命。

主宰

你控制不了天上的雨，但可以控制眼中的泪。你决定不了太阳的升起，但可以决定笑容的绽放。你主宰不了世界的法则，但可以主宰自己的意志。

福

井底之蛙固然无法见识海上的波澜壮阔，沧海蛟龙又岂能享有井中的风平浪静。各安其位，各得其福。

善

下善，动之以情，中善，晓之以理，上善，化之以德，至善，导之以道。情不能动者，以理晓之，理不能晓者，以德化之，德不能化者，以道导之。

理性

月光不加分别地照应幸福的人和不幸的人。春风不加选择地吹拂快乐的人和不快乐的人。无情之物比有情之人更具爱的理性。

观众

你们要么戴着面具，要么画着脸谱，要么做着不属于自己的表情，争为这个世界的主角。殊不知无论正剧闹剧，悲剧喜剧，长剧短剧，再卖力的戏份，再妙趣的故事，从中得到最大快乐的，不是台上的演员，而是台下的观众。

道路

那在繁花中不会迷失方向的，必在荆棘中也能找到道路。

淡

看不透的，看淡一点；想不通的，想开一点；不能不承受的，接受；不能不接受的，忍受；若无为善之心，必绝作恶之念；若无仁爱之愿，必绝仇恨之意。底线不能沉沦。底色不能黑暗。

答案

我们的人生往往浪费和虚掷在试图找到所有人生问题的答案。并不是所有的人生问题都需要答案，需要的是对人生所有的问题保持思考的习惯。

逝与生

对一个悲观的人来说，每一天的逝去都是一次死亡。对一个乐观的人来说，每一天的到来都是一次新生。对一个达观的人来说，每一天的逝去，每一天的到来，都是一次轮回，都是一次涅槃。

蔽

只要绝望不能蒙蔽你的心，黑暗就无法遮蔽你的眼。

出世与入世

出世是要排除生命中没有价值的东西，而不是逃离世界做个隐者。要把有限的生命放在有价值的事上，即入世。所以说出世的最终目的是入世。

错过

自作聪明的我们总是把人生最美好的事物虚拟在那遥不可及的前程。而心无旁骛。而全力以赴。而对身边那触手可及的景色置之不理，抛诸脑后。待回头时，风光历历，尽皆错过。

种子

一粒种子不会在冬天展示它的生命力。它知道自己必在春天生根、发芽，并不可遏制地成长。

痛

痛，是生命最有力的证明。失去痛感，意味着失去生命。痛在，生命就在，生命在，希望就在。

读

如果我读不懂天空，我要努力读懂一片云。如果我读不懂大地，我要努力读懂一棵树。如果我读不懂世界，我要努力读懂你。如果我读不懂你，我要努力读懂我自己。

心声

风不说话，叶子会发出它的声音。水不说话，石头会发出它的声音。所谓天籁，就是万物以它们的默契，说出彼此的心声。

庸常

我无意在庸常中寻求大美。庸常就是大美。

如果不屑于生活的庸常，如果不甘于命运的平常，那就想一想生命的无常吧——那庸常的时日，和那平常的岁月，该是如何可遇不可求，又该是如何求之而不得。

地图

我们无法洞悉世界的真相，因为世界无穷无尽；我们无法掌握人生的真谛，因为人生转瞬即逝；但是只有探索世界不可能穷尽的奥秘，才会发现人生可能永恒的意义。

在乎

一棵顶天立地的树，不在意它的叶多么茂密，不在乎它的花多么艳丽。它只在意脚下的是否深沉，它只在乎内心的年轮是否深刻。

高贵

一颗头颅的高贵，不是因为顶上的发型或冠冕，而是因为内里的思想和情感。

青春的面容不需要化妆，高贵的头颅不需要冠冕。

狮子

一头狮子何必理会一只蝴蝶在自己的头顶炫耀舞姿？

纲领

实践是最好的理论。行动是最好的纲领。

爱之力

从春天的雷霆之中，我听见了抑止不住的愤怒，以及掩饰不住的温柔。在坚忍地沉默了一个冬季之后，爱的表达，就是如此猛烈，如此锥心蚀骨，如此惊心动魄。普施万物的爱，就是如此奔放，如此狂飙突进，如此势如破竹。

求

即使世界把光明的火种，抛弃在最黑暗的角落；即使日月把希望的地图，搁置在最绝望的悬崖；即使生命把幸福的密码，沉没在最痛苦的深渊……我必在黑暗中寻找，我必在悬崖上追寻，我必在深渊里求索。只要有，只要在，无论多么难，无论多么远，我必不放弃，我必将拥有。

清明

生命飘零于野，大地鲜花怒放。为什么最卑微的泥土有着最生生不息的力量？因为它接纳了所有的死亡。

执于此生而不迷，期于来世而不妄；不求俗务之圆融，但愿心性之通透。

感

一个健康的人体不会感觉到任何一个部位或器官的存在。一旦感觉到某个部位或器官的存在，一定是此一部位或器官受到病毒或伤痛的侵扰。人身如是，人生亦如是。不显于位，不名于世，不闻达于天下，泯然于芸芸众生，实乃人生之大道德大幸福。

把心打开

把心打开，在黑暗的渊薮，也能看见满天的星光。把心打开，在死寂的荒漠，也会闻到袭人的花香。请把心打开。

所见

雕塑家看到一位思想者，或者一位爱神隐藏在一块石头之内。画家看到一千峰山，或者一千川水起伏在一张白纸之中。我们所见的，必是我们心中所有的。

予

请给泅渡者一方孤岛。请给迷航者一座灯塔。请把我平和的心，安放在这喧腾的世界。

时宜

春天也有花落，冬天也有花开。只要是美好的，就不会是不合时宜的。

修行

修行并不神秘——持平常之心，做凡俗之人，尽一己能及之力，为利益众生之事。

如是

如是我见：那杀伐最重的，总是那手握真理的。如是我闻：那人类鲜血浸染的真理之剑，总是不甘寂寞地嘶吼于修饰一新的剑鞘之中，伺机而出，逞其扫清寰宇之志。如是我说：追求绝对真理，造成绝对灾难。

蒙昧

我们不是蒙于世界，就是昧于自我。漫漫进化史，人类学会观察与思考以来的全部智慧，不过让我们了解了世界极小的一部分，而我们自身这个世界最为复杂的部分，区区一生中，又能了解什么？我们以为自己了解一个人时，其实就是误解一个人的开始。一切人间悲剧，莫不由此而来。

观花

看到一朵花被风雨打落，我不会难过。因为它如此有幸，曾经以一朵花的生命，存在，美丽着，芬芳着。看到一朵花在阳光里开着，我不会欣悦。因为它如此不幸，必将不复以一朵花的生命，存在，美丽后，芬芳后。我们都是时间枝头上的一朵花。我们要做时间枝头上的一朵花。

容

一块小草不能自由生长的土地，培养不出参天大树。一个不能容忍庸俗事物的心灵，产生不了伟大思想。

科学、哲理与宗教

观察与实证，产生科学；归纳与演绎，产生哲学；内视与反省，产生宗教。科学指示世界的真相，哲学指向生命的意义，宗教指引灵魂的归宿。

谦卑

油菜花不是为开花而开，甚至没有自信单独开，而是相约成片成片开。于是油菜花成了最美的花。最谦卑的花才是最美的花。不为高尚的审美目的，而为平庸的世俗目的开的花，才是最美的花。不争花之美的花，才是最美的花。

坚强

再大的风，也吹灭不了星空的光芒。再大的雨，也冲淡不了大地的色彩。再大的苦，也摧毁不了心灵的坚强。

梦想

清醒着，才能实现梦想；梦想着，才能保持清醒。梦想在现实之上，清醒在糊涂之中。

定律

患得患失者，总是要求他人淡泊名利；自己心胸狭窄的，总是要求他人襟怀大气；自己蝇营狗苟的，总是要求他人光明磊落。这不是悖论，这是定律。

救赎

沉于怀想过去，湎于幻想未来，是人生两大毒药。唯一解救之方，是现在，是当下，是此时此刻，醒来，以泪水唤醒一场春雨，以微笑唤醒一轮朝阳。

漫步

且把人生当成一次漫步，而不是一场竞走。何苦争先？何必恐后？正道要直行，曲径必通幽。

水

一滴水，只有融入江河，才有一泻千里的气势。一滴水，只有汇入海洋，才有汹涌澎湃的力量。但是一滴水，如果要有一泻千里的气势，就再也没有独立的存在；如果要有汹涌澎湃的力量，就再也没有自我的方向。一滴水，是随波逐流而泯灭，还是珠圆玉润而消亡？可怜的人类，你们的命运，正与一滴水一样。

乡愁

乡愁，这与我们相伴一生的，气质忧郁的导游，在带着我们满世界找不着纯真，爱，与幸福的时候，不是把我们带回故乡，而是把我们带回童年，带回青春。

思想者

孤独的思想者有如一支蜡烛。纤弱的心敢于在人类的深夜，对主宰世界的黑暗说不。

真理

当真理沦为废话，废话即成为真理。那标榜真理的，一半是废话，一半是谎言。所谓真理，一半是你熟视无睹的常识，一半是你视若无睹的常识。

幸运

我绝不计较无常的天气。能够见到每一个早晨的，无论是阳光，还是风雨，我不指望，更找不到，比这样的福祉还要难得的幸运。

空与盈

孤独的灵魂，因为拥抱喧嚣的世界而空虚，因为推拒世界的喧嚣而充盈。

浪淘沙

能够淘去泥沙的河流，才会深沉而清澈。能够放下痛苦的人生，才会深刻而快乐。

看到

我们看到了山峥嵘于大地之上的高度，却看不到山沉潜于大地之下的深度。

回报

对创造了我们的世界，最好的回报是有所创造。

宽恕

宽恕不是忘记伤害你的一切，而是认为一切对你的伤害从未发生。

神与人

神的历史，其实就是人的历史。神是无因之因，人是未果之果。神创造了人，人又创造了神。人是神的肉身，神是人的灵魂。

生命

生命成熟的方式如此不同。要么倾尽一世的圆润丰美，不待春风再度，做一颗今生的果实；要么蕴满一生的沧桑风雨，不求秋色平分，做一颗来世的果核。

纳

海纳百川，不仅因其虚怀之容，更且因其低处之度。越谦退，越深沉；愈卑下，愈博大。

快乐

最大的快乐，必与那些卑微的事物，比如泥土、石头、草木……不分彼此，平起平坐；要么分享，要么分担，那阳光的照拂，那雨露的恩泽，那冰霜的侵凌，那雷霆的震怒……在河谷，则有静流之深，在山峰，则有绝顶之高。那与万物一体的，必滋养万物，必被万物所滋养。

人心

人心如此之小，容不下一粒灰尘。人心如此之大，装得下整个世界。

心

心有魔鬼，存身之处，即为地狱；心有神灵，存身之处，即为天堂。

过去心不在。现在心不住。未来心不来。心无所依，故有所依。

心机与天机

心机通术不通道。天机通道不通术。任凭你心机七窍玲珑，窥不破天机浑沌无极。只有关闭心机，才能开启天机。

拿起与放下

拿得起容易，放得下难。拿得起整座江山，放不下一握美人。拿得起万世功名，放不下一时利禄。身外的一切，都想要拿来。身上的所有，都不肯放弃。行李越多的旅途，行走的脚步越重。越多的拥有，越重的负累。人生若此，又怎一个苦字了得！

名字

狮子和蚂蚁不知道太阳的名字叫作太阳。

海豚和河虾不知道太阳的名字叫作太阳。

老鹰和麻雀不知道太阳的名字叫作太阳。

乔木和灌木、庄稼和杂草不知道太阳的名字叫作太阳。

太阳自己不知道不留意不在乎自己有没有名字，是不是叫作太阳。

太阳不是因为人们称呼它为太阳而发热，而发光。它就是热，它就是光。

它就是太阳。

正误

让我们的生命妙趣横生的，是偶尔的错误，而非一贯的正确。一贯正确的人生索然无味。放得下苍生放不下你。忘得了身形忘不了心。有时候，对正确的坚持是最大的错误；有时候，对错误的妥协是最大的正确。

错觉

人总是无法避免这样的错觉：自以为是瀚海龙鲸，却不过是滴水蜉蝣。

迷与悟

只有坚持一片痴心，才能放下一切妄心。迷，不过是妄；悟，不过是痴。

浮

浮云扰乱不了高天之心。浮萍打动不了大海之心。浮尘牵羁不了大地之心。浮世诱惑不了圣人之心。

知己者

爱你的人比你自己更了解你的优点；恨你的人比你自己更了解你的缺点。发扬你的优点，就是对爱你的人最好的报答；克服你的缺点，就是对恨你的人最好的报复。

改变

在荆棘中闻到花香。在黑暗中看见星光。让你的世界变得更好的唯一途径就是让你的内心变得更好。

行者

每天每天，风雨无阻，坚持一步一步行走，最大的益处，不仅在于炼身，而且在于炼心。在这日复一日的单调枯燥的运动中，检点反省自己的一生、一年、一月、一周、一天的所思所想，所作所为，所得所失，总是悚然而惊，慄然而惧，豁然而悟，原来我是如此不堪、不是、不好、不美，原来我的生命中，竟然积累了如此多的杂质、垃圾，甚至毒素。

一路走去，一路忏悔，日复一日，终有一日，我终会遇到那个好的，美的，至少不是不堪、不是的自己，那才是真我。

行李

在我的人生旅途，我只带着三件行李：一颗永远不会败坏的心，一个一定能够实现的梦，一份必然将被接受的爱。若此，再迢遥的跋涉，只有快乐，没有疲惫。

温暖

能够温暖我们的，只有自己的体温。

坚持

让坚持成为习惯，让习惯成为本能，让本能成为潜质，让潜质成为品格。

默语

只有懂得每一滴水的隐忍，才会理解整个大海的沉默；只有理解每一滴水的语言，才会懂得整个大海的声音。

播种

种下善，苦海即是福田；种下恶，福田即是苦海。种下爱，地狱即是天堂；种下恨，天堂即是地狱。让良知，守护世界的底线；让慈悲，构建人类的标高。

奇迹

请听取我的祈求，
让奇迹示现。
我祈求的奇迹，
亦是你的宏愿：
尘归尘，土归土，
众生平安。

尘嚣之外晤周郎

邓华如

银杏黄灿，枫叶霜丹。云淡风轻的天幕下秋色正浓。在弥散的秋色中读周郎石星的诗文，读得我心底色彩强烈。好像是荒漠中的孤旅，于荒烟旷野中豪饮了一盅烈酒。那种舒放近乎疏离后的精神野媾，简直爽朗莫名。这红尘之中，熙来攘往，亦真亦幻。虚浮与喧嚣的背后往往紫电青光，剑影横天，芸芸众生多为名利而抗尘走俗虚与委蛇。于是便有了光怪陆离的尘世和层出不穷的百态人生。尘嚣之中看尘世，哪里还有世外桃源，何处才有诗意绿洲？难怪有人醉生，有人梦死；有人忘形，有人迷失。时代精神的萎靡像病毒一样繁衍，无处不在，侵髓蚀骨，令人厌倦而又难以逃离。读周郎的诗文，恍然跳出了滚滚凡尘，像是置身于尘嚣之外。在洗尽铅华的意象空阔里，纵目所及，是春风大雅，秋水长天。灵动跳跃的字里行间，境界宏阔，情彩斑斓。在《形踪》中，他是这样描述他的诗意人生的："直追古圣入空山，彼岸登临弃渡船。洗尽人间烟火气，高眠物外云水轩。临风把酒邀飞雪，对月谈心赋管弦。回首曾经沧海路，无谁不在断崖边。"这样的生存环境简直就恍若隔世，一尘不染得恰似仙境。而在《元宵月》中，他又这样表明他的心境："冰心不敢堕红尘，宁可飘零寄此生。"不愿同流合污的襟怀一如千年前的屈原那样"举世皆浊而我独清"，怀瑾握玉不肯随流扬波的心志与这个时代格格不入。他想要的生活在散文诗《居》中描绘得十分清楚："在南山脚下，桃花溪边，以月亮为盘，盛几粒星星的瓜子，与神交已久的古人边饮，茶亦可，酒亦可；边嗑，吞亦可，吐亦可；边谈，天下亦可，美人亦可。这才是我要的生活。"这分明是老庄崇尚的淡泊人生，周郎这种清心寡欲与世无争的生活态度和人生哲学是与生俱来的呢，还是后天潜移默化的呢？这在了解他的人心目中，当也心知肚明，正所谓"但去莫复问，白云无尽时"。的确在一些诗词中，他亦多次表露过归隐之心和脱尘之想，不究也罢。但是周郎的诗文并不乏入世有为的儒家精神，许多内圣外王积极进取的诗文，读来同样令人慷慨激昂，热血沸腾。《月湖晨走》最有代表性了："书生本色最疏狂，剑胆琴心酒气香。几度埋头扫日月，何曾着眼看侯王。蒙尘岂是天时与，入世无非人事伤，不悔当初投契者，犹余血性更贲张。"这样的诗句只怕是烈酒浇注出来的，击节而歌，敢不气贯长虹吗？类似这种血气贲张的诗词其实不胜枚举，如《八声甘州·大器重来》《念奴娇·巴陵南湖》等，皆有异曲同工之妙。许多基调昂扬的诗文，气韵跌宕起伏，性情毕露：时而大江东去，惊涛拍岸；时而雨卷珠帘，低眉垂袖。读到大气磅礴处，直感到高山迫眉，大河前横，使须眉阳刚壮怀激烈，红巾翠袖柔肠百转；而至情感柔软处，并无脂粉的情致和暧昧的色彩，总能让人在他的磊落中见襟怀，率性中见真痴，苍凉中见深沉，放达中见潇洒。那是一种堪比壮士归来的豪情，猛士筹边的浩然，是爷们的大爱。显而易见，这本诗集也有许多表现禅宗哲学思想的诗词，主要是以五言和泰戈尔体居多，俯拾即是，就不必一一列举了。但无论表达哪家的思想，其境界都显得干干净净，清清爽爽，毫无猥琐之嫌。在诗人那里，诗境即心境，含有纯良率真的赤子情怀，秉承了父母遗传，吸纳了日月精华，萃聚了万物灵气，所以格外显得澄彻纯美。

在中华传统文化血脉里，儒道释这三支主流，其实他们的精神都不约而同地指归于人们心灵的救赎与完善。儒家侧重修心，道家提倡养心，释家主张虚心。明代心学圣哲王阳明就是继承创新了陆九渊的心学理论，将儒道释三家的治心之术有机融合为一体，从而发展形成了他的哲学思想，对后世影响深远。周郎以赤子之心建构他的诗境美学，同样兼收并蓄了儒道释的思想精华，从而完成了大量的治心佳作，这不能不说是深受了王阳明的影响。周郎的诗文还可以读出血与火来，他显然是以淬火蘸血的笔尖来雕刻他的诗句的。解剖那些抒情诗，就不难发现，许多诗句的肌理中深沉着作者的脉脉热血，像那几首《致梁艺》的诗，还有《我只一生经不起等》《我只一生回不了头》算是最为典型的，读来确实感觉心口倏然而生一种不可名状的沉痛。而读那些针砭时弊和痛斥世相丑恶的诗句，便会觉得特别的坚硬、冷峻、凌厉，甚至肃杀。如果这并非他心火熊熊燃烧的淬炼，又何至于出现这般质感、这般深刻和冷峻呢？深入周郎的诗文，总以为那里意境奇诡，气象万千，如不细品，有时甚至感觉茫远无边，莫名其妙。他的才情汪洋恣肆，想象别出心裁；在他的诗境里，意念神出鬼没，有如严沧浪说的那样“羚羊挂角，无迹可求”“言有尽而意无穷”。有时他遁形于无极，穿越时空，让你不知今夕何夕。在他营造的诗境里，他可以与老庄论道，与屈原舞剑，与太白醉酒，与杜甫交心；可以与东坡话诗、与稼轩和词；还可与孟德拍案，与公瑾抬杠。这样的意趣水乳交融般蕴藉于他的诗文中，读来妙趣横生，更显得放达而高古。有时他变形鱼虫，与它们对话，探究微生的奥秘；有时遁迹泥土，与小草蚯蚓蚂蚁恳谈，解码卑微的情怀；有时与空杯对饮，针砭世态的病垢。面对他的这种情态，不由让人联想到庄周梦蝶的笔法，简直出神入化得有过之而无不及。他在自己诗境中的角色变幻莫测。有时他化身上帝的使者，巡游天地之间为迷途忘返的痴人指点迷津；有时他托声佛陀，一苇东渡，口吐莲花，给那些愚执不化的顽劣启蒙开悟；有时他又变身泰戈尔，一袭长袍飘然而至，劝导人们远离罪恶，从善如流；而更多的是借孔孟二圣的精神，循循善诱这红尘中的芸芸众生，要性达命天，自强不息。凡此种种，不一而足。这本诗文有点像古巴比伦那座空中花园，色彩丰饶纷呈。内容的情、理、性、气，斐然丰茂。其创作思想的指归，以儒为表，以道为骨，以佛为心。三家的思维灵光在他的笔端和谐共生且交相辉映。儒家的阳刚之气，道家的冲淡之韵，释家的空灵之境，常于他的诗文中一韵既赋，三美俱成。诗之为诗者，动乎心，发乎情，运乎神，形乎气，至乎理。古往今来，诗人的情怀，既有绿洲，也有火焰。那血与泪沁润的绿洲，生气蓬勃，灿若云霞；那激情燃烧的火焰，毁污毓美，激浊扬清。读周郎的诗文，尤刮目于他的情采与神思。其情采深厚而绚丽，无论是抒发时运不济的忧愤，还是家国情怀的激情，还是爱莫能助的幽怨与悲情，都来得自然率真，毫无矫揉造作的痕迹，这在那些思乡怀远的作品中屡遇不爽。而其神思更显得诡异莫测，有似行空的天马，啸风御云，狂野不羁。古往今来，天上人间，花鸟鱼虫，人鬼妖仙，他那双神思的翅膀常在其中穿越无碍，使读者目不暇接。周郎形象思维“神与物游”“外周物理，中得心源”，描摹的笔墨既大胆飘逸又合乎情理。齐梁时期的文艺理论家刘勰对文艺创作的神思命题曾有过极其精妙的阐述：“文之思也，其神远矣，故寂然凝虑，思接千载；悄焉动容，视通万里。吟咏之间，吐纳珠玉之声；眉睫之前，卷舒风云之色。”对照刘彦和的这一理论，周郎的形象思维庶几可及矣。

周郎写诗为文广收博纳，虽或乖自己的独立个性，但也丰盈了了他诗文的雍容表情，而这种雍容表情恰恰又凝练成了他诗文的重头风格——雄浑。晚唐诗论家司空图在其诗论专著《诗品》中，将诗分为二十四品，而雄浑一格是居其首者。读周郎的诗文尤其是那些古体诗词，恍然之间，总有一种排风布雨，裂谷劈山的气韵奔涌而至。这种雄浑的品格不由使人联想到生长于断崖上的一棵百年劲松，在风云际会的苍莽背景中，迎风舞雪，聚气吐岚，于朝晖夕映的烘托下，遒劲而雄浑。那屈曲虬枝穿透了季节变幻的无尽野色，在霞飞暮散中抖落了世俗的媚态；在萎靡的视野里，越发显得风仪万端，高标不群。周郎诗文的品格魅力与此美感又何其相似乃尔，读后令人拍案击节，豪情沛然。

秋高气爽，我读周郎，盈怀一脉心香。蘸血笔墨，牧心淬火，满纸浩然气象。率真性，赤子情怀，度凡尘，半生沧桑。交神游，云水万里，圣哲三家，天地一片灵光。大梦方觉，今是昨非，空山绝尘泉响。把酒邀月，人间天上。这首《苏武令·晤周郎》算是我读周郎的一点感想吧！水瘦山凉，叶红草黄，在这样浓浓的秋色里读周郎，我正精骛八极。尘嚣之外晤周郎，瞑瞑然，我们相视一笑，莫逆于心。

（邓华如，湖南广播电视台副总编辑，高级文学编辑）

不器之人 不羁之才

许石林

前年初夏，得湖南周石星兄诗集二种，甫读则喜，继而欲罢不能，遂手不释卷。我蜷缩于深圳莲花山下一茶肆，隔窗望青山葱翠，雨雾迷蒙，俯首读周兄之诗，每每心有所会，神有所感，情有所动。其妙语佳句，喷薄纷呈，赞叹之余，画注折叠，不亦乐乎。如此读书，思前想后，惟有二十余年前读汪曾祺先生散文集，有此废寝忘食之情态。

是知人与书有缘，所谓读书如见故人，仿佛看见另外的自己，此必然能弥补本人对当下自我的不满意。故有惊艳之感，欣喜之状。

读其诗文而思见其为人，首次见周石星兄，谈及拙作有关黄道周一文，周兄即慷慨言道：你应该写一系列有关古代士的文章——现在人谈论士，多征引余英时先生的书。余著作为学术著作，影响毕竟在圈子内，远不能达于当今官员民众之心，是以教化之雨露未至，因此，你可用自己这种笔法，将中国历史上的士君子，写一个系列，让读者认识到古代那么多的仁人志士，饱读圣贤书，以天下为己任，对人生事业有比现在高明万分的认识，他们进退有据，挽狂澜于既倒，扶大厦之将倾，无计个人安危荣辱，他们才是我们这个民族艰难前进，将文明的薪火代代传递的力量。

周兄一言，顿时使人血脉贲张，酒入热肠，几乎眼湿。当时情景，历历在目，时时回味，于脑海中情景再现，令人感激非常。

我固不知诗，是不敢妄言诗也。是以知周兄之诗，能感激人者，是周兄其人也。

物之不齐，物之情也。不得其平，则鸣。鸣而发其德而言其志，又依律而和声，其声也咏，是为诗。感于物而会于心，动于中而发于外，故文士诉诸词章，歌者发于乐音，画家纷披于楮墨。古来作文、歌唱与绘画，其理一也，曰：“主之以理、张之以气，束之以法。”所谓发乎精诚，又必合符中节。

物其鸣也，器大则声洪，思周兄之眼界、器度与胸襟，知先人之“士先器识而后文艺”，诚不欺人。

周兄之诗，志气高远而骨气硬朗，非琐碎绵弱一派。其所思所写，皆应机而作，非勉强为之，故其出自天然。昔苏老泉论文，以为“天下之至文”者，如风来水面、波纹自起，“无意乎相求，不期而相遇”，而其文成，又如苏东坡所言：“文理自然，姿态横生。”

周兄出身一线记者，供职于媒体，我曾经说，当今欲寻古之士人孑遗，多存在于媒体从业者。每一位有新闻理想、家国情怀而投身媒体者，多少具备古代士人的坯子，干的都是良心活。至于此心此情怀日后逐渐被泯灭，甚至背叛变异，则另当别论。这与晚近媒体一步步沦为职业，从业者纯粹为稻粱谋，截然不同。至少，我与周兄投身媒体的年代，是激情燃烧过的。而我分明能感到，周兄的激情至今不灭，甚至更加耐烧、经烧。所以，周兄不与世事隔绝，不沉湎于孤高清苦的自我境界，不驰心杳冥，搜寻字句，营造所谓超然的意境。

因此我读周兄其诗，可知其赋咏，必自期“有用于今”，“言必中当时之过，如五谷必以疗饥，如药石必以伐病”。其造句遣词，大气平易，罕见险绝。体裁又不论新旧，惟得心应手而已，此真直抒胸臆者所为也。其诗作之量大，又令人称奇，其诗才，仿佛不羁之马，可随时奔鸣。

叶少蕴论欧阳修诗，以为欧公将作诗，视同作文，重视诗的思想内容和情感，即“载事”，而非如“西昆体”一路那么一味追求“藻丽”。这一点又极像韩愈。“律诗意所到处，虽语有不伦，亦不复问。”余尝以周兄诗与方家分享，言周兄乃以词章为余事之人也。

初读周石星兄之诗，掩卷驰思，以为其人乃不器之人也。以其成德之士，体无不具，用无不周，非特为一才一艺而已。当即以此转呈周兄。

古之士君子，不以文词自诩其才。今者文士才匠，皆以倡优蓄之，是故巧媚百般，以取悦愚贱，故文章沦丧，词赋尽毁，“人间岁月初周甲，天下衣冠久化夷。”神州陆沉，浑然未觉。

如周兄生于此世，怀古之士君子之心，而困神龙于蹄涔之水，其不幸也，抑或其幸耶？

（许石林，文化学者，著有《文字是药做的》《桃花扇底看前朝》等）

读《你若在，我如来》

曹萍波

周石星先生嘱我给他的新诗集《你若在，我如来》写点文字，受宠若惊之余不免窃喜。这年头，能入诗人法眼是件值得骄傲的事儿。毕竟，当大部分人活得口耳鼻舌尽是灰蒙蒙一片时，唯他们，是这世间最明亮的赤子。

好像只是眨眼功夫，我认识周先生就有三四年了。这几年里，每每在台里相遇，我是眼睁睁地看着他的状态越来越好，好像一个略显颓废的中年人，反倒慢慢变得面部线条逐渐清隽分明，气息也明亮饱满起来，还隐隐地有了清气和俊朗。我相信这需要非凡的心力，才可以这样的在岁月长河里逆流而上。

周先生文字好，这我一直都知道。要说什么是好文字？我信奉古人的“锤炼”说，好的文字就是一字一词都不可撼动，如同星星锲在天幕上，钉子被打进了木板里，字里行间不仅有写者的性情，更是天赋与格局的显现。

关于性情，印象最深的是有一回看他在朋友圈里写了句：“叹流光／改了洞庭风色／惜游子／依然云水性情。”当时看到，只觉得心里咯噔一惊，尤其是“云水”二字，真可谓心头好——

人到中年，少年岁月早已空茫，觉来无处追寻，过往一切快活也好痛苦也罢，都已被无情湮没。唯有性情，倘使能经年不改，数十年之后还像卡萨诺瓦般轻俏与风流，就不能不说，是天生，是本色。

那么格局又是什么？大概就像《桃花扇》里，香君得悉侯方域考中清廷秋试副榜时，先是大怒，再是大恸，继而与他决裂。我初看《桃花扇》已是许多年前，在那个只顾看言情的少女年代，反而怪孔尚任把香君写得穿凿多事，心爱的人乱世得苟活也是好的，还管什么立场？立场跟爱情跟生活有什么相干？难道立场还能使他变丑？变坏？长大之后，某一瞬间，才忽然懂得了，那是李香君的格局，也是孔尚任的格局。

而周先生的文字，就是有格局的，我记得他写父亲的诗："平生病苦何怀恨／乱世英雄不乞怜／布履从来衣圣者／男儿自若渺云烟"，这样的字句，带着风跟铁的质感，是阳气淋漓，是铮然有声，是摘叶飞花，更是富斗志含杀机，禁得起细细揣摩和玩味。

所以后来，他几乎天天在朋友圈写诗，我便几乎首首都看。坦率地说，他的文字其实不年轻了，这当然跟他的年岁相吻合，他也常常会忍不住与自己的过去遥遥招手，写出"往事无须说／叹朝夕秋风骤起／此心纠葛……爱恨情仇堪付了／看盈亏总是当年月"这种句子，沧桑扑面。又或是"可怜的人类／你们抓不住一只蝴蝶的翅膀／而这一只蝴蝶／不过是我的一场酣梦"

这般看似雄浑的诗句，但是无论如何，读者如我，再也读不出狂妄来。我知道，那股青春里头肆意撒野，浑身逆鳞的狠劲儿，经历了光阴的燎原大火之后，可能已经丢掉了，可能已经藏起来了，而多出来的，是深度和厚重感。

然而，好像就是这种深度和厚重感，让他显得与其他的中年男人不一样了，他不再满身疲惫，散发出灰烬的气息，而是有了一种免疫于时间和烟火的气场。所以哪怕他在流言纷飞的马栏山上对梁艺高调示爱——“曾经被人追问/我是不是爱你/我坦然回答/是/但我不配……”也引不来丝毫的哂笑亦或猜疑，反而看客如我等，都觉得他的诗里情里，有一股收放自如，情深不淫的洒脱，如濛濛茫茫的旧时光，美好，沉醉。

并且幸运的是，周先生甚至还算是个好玩儿的人，相信我，一个在业界摸爬滚打了数十年的前辈，还有心思去观蟑螂听虫鸣嗅花草，那得是多好玩一人啊。看他在《定风波》里边写：夜半踟蹰空对弈/的事/一局古谱只读星/且向鸿蒙请妙谛/观止/庭前花草不出声。就属“庭前花草不出声”这一句，真是好呆萌好可爱啊。然后，到了《与一只蟑螂谈心》里，他又写：不受欢迎的不速之客/请原谅我有失远迎/他们驱逐你/我悦纳你/是的/这是我的国度/我愿意与你分享/无论是灶台/还是客厅。

你看，他就像一个浑不知世事的稚子，愿意跟花草对话，与蟑螂谈心，这得多好玩呀，而在这个人人自顾不暇的仓皇年代里，好玩难道不是一种动人的智慧么？能不管到了何种年纪，什么境地，都愿主动去试探世界，去进入万物，去与外界发生连接，去让自我同他人同世界建立关系，好玩的人能创造亦能顺应，有童心也有禅心，像一潭水，可自观自在，亦能映照一切。

也不知道就这样看了周先生的多少诗，直到有一天，我在朋友圈里看人家提到他堪称辉煌的传奇履历，才知道在湖南广电这一座中国最大，最喧哗，最浮夸的大楼，如今它这鲜花着锦烈火烹油的光明里，其实离不开无数的像他这样的前辈，是他们用自己的青春年华，奠基了这个灯火腾腾生金焰，红尘滚滚起狼烟的娱乐王国。

只是那些恢弘的过去，毕竟已经是过去了，我们这一代新的电视人，并没有那样阔大的历史可以创造，甚至可能要等很多年后再回首，才看得见今天我们所做的这一切的意义，所以这可真是让人谦卑啊，但是好在，就像周先生在诗里写的："一个没有缺点的人／正如一间没有窗口的屋子／必然是黑暗的／我必然要做一个有缺点的人／这缺点为我打开光明。"一定是求缺然后知缺的智慧，会使人柔软而谦卑，不然《道德经》里那句"大成若缺，其用不弊。大盈若冲，其用不穷。大直若屈，大巧若拙，大辩若讷"，怎能被吟哦千古？

所以，或许是像佛家讲的"结习已尽，花不着衣"，道家的"夫唯不争，故无尤"，我相信周先生是悟化了佛参透了道的，不然，我实在想象不出，一个才华横溢的诗人，何以能在这个一切皆快速进化如潮水翻卷的年代，活得像一枚邮票？清简，舒缓，兀自在月湖边的黄昏里头站着，像这个时代正在飞速消亡的诗意一样，逐渐淡出那些金粉浮华，让自己的身体边缘长出一圈被用力撕扯过后而留下来的，毛茸茸的锯齿，从此在世道上自甘销损、模糊。

（曹萍波，90后，湖南广播电视台编导，《三联生活周刊》专栏作家，著有《万物赠我浓情蜜意》）

图书在版编目(CIP)数据

你若在 我如来/周石星著.—长沙:岳麓书社,2017.7

ISBN 978-7-5538-0751-5

Ⅰ.①你... Ⅱ.①周... Ⅲ.①教育—中国—当代②散文集—中国—当代 Ⅳ.①I217.2

中国版本图书馆CIP数据核字(2017)第142623号

NI RUO ZAI WO RU LAI

你若在 我如来

作 者:周石星

责任编辑:蔡 晟 彭卫才

特邀编辑:王文西

责任校对:舒 舍

封面设计:刘 峰

岳麓书社出版发行

地址:湖南省长沙市爱民路47号

直销电话:0731-88804152 0731-88885616

邮编:410006

岳麓书社网址:www.yueluhistory.com

2024年10月第1版第2次印刷

开本:889×1194 1/32

印张:14.375

字数:342千字

印数:1—4000

ISBN 978-7-5538-0751-5

定价:98.00元

承印:唐山楠萍印务有限公司

如有印装质量问题,请与本社印务部联系

电话:0731-88884129

你若在 我如来

自律卷

周石星 著

岳麓書社·長沙

作者簡介：周石星，湖南岳陽人，理工男，電視人，電影人。

代序

我本楚愚人，超級大傻帽。
陋質無長才，心機不開竅。
善惡巒分明，得失懶計較。
老笨尤糊塗，童真勝年少。
誤入江湖險，伶仃扣舷嘯。
四馬戰風車，孤身扛世道。
縱是怨來加，偏將德去報。
辭作聰明兒，仰天付一笑。

（甲午年農曆八月十四日生日記）

目錄

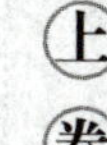

第一輯　湖山覽勝

第二輯　雪泥鴻爪

第三輯　歸帆夢影

第四輯　舊雨新知

第五輯　俯仰古今

第六輯　騎士初心

下卷 詞

第一輯 小令

第一輯 湖山覽勝

長堤烟柳

長堤烟柳舞風流，不待梳妝繞指柔。
墨染山光何楚楚，弦撥水色自悠悠。
癡心總被癡心誤，血性偏將血性酬。
湖海英雄歌幾許，驚鴻一嘯過飛舟。

再游南湖戲題

南湖再見帥哥行，管樂弦歌競美聲。
水色空濛堪縱目，山光醒豁好談心。
秋花不必色相酷，老子尤須本性清。
潤筆還當添海嘯，離騷唱罷我歸真。

南湖夜色

南湖夜色更不同，水鏡波光幻影中。
月下人流催過客，船頭物換謝花容。
來來往往何如住，是是非非莫若空。
刹那迷離心旌寂，須臾入定漾瀾從。

南湖觀日

從來日落祇偏西，我欲飛舟釣上揮。
碧水浮金滄海路，白頭笑指魚龍脊。
紅塵萬物皆爲餌，亘古無人不見欺。
大夢沉沉今夜後，繁華似醒仰朝暉。

南湖聖安寺

霧籠長堤柳色寒，微風過水作玄談。
殘荷落寞眠泥淖，古寺巍峨醒湖山。
代代迷離生死地，人人意氣性情關。
三三兩兩漁翁在，不釣龍王衹釣閑。

南湖漫游

何當樹舍勝湖邊，莫問太公借釣竿。
徑向直中求正道，休憑曲處取江山。
知天不懼身形老，任性尤合使命閑。
日暮歸來賒月色，清風買醉舞波瀾。

雨中過南湖

南湖柳雨惹鄉愁，往事紛紛憶舊游。
理想橫陳真玉體，責實輾轉已白頭。
拿雲不計九天遠，入世徒遺萬念休。
慣見無形爲大象，悲悲切切又何由？

從南湖到月湖

秋花寂寞憶春風，意氣當初未敢紅。
待到妖嬈傷落魄，獨餘冷豔傲芳蹤。
一生物與誰同調，萬類攸歸我相容。
舊景時時觀不厭，緣因大象在心中。

閑瞰月湖

日上三竿起，無聊望懶雲。
澄天眠水底，亂樹映波紋。
未見南歸雁，徒餘北隱心。
白頭能飯否，嘯傲不出聲。

月湖觀月全食

孤星萬古痛飄零，世道崎嶇苦問津。
幸有一池秋水在，堪當半壁老身存。
從天再引銀河注，與我重調月色勻。
遍灑光明無別類，難爲黑暗蔽蒼生。

月湖秋聲

秋風起處落花飛，嚮晚寒蟬不敢栖。
幾度枝頭歌款曲，而今樹底唱非彝。
蒼生在在無常在，宿命回回有輪迴。
過往諸君何必笑，乾坤試看大挪移。

月湖霜葉

秋風見慣落紅堆，始信輪迴最大悲。
艷幟曾經張茂樹，芳魂竟至伴污泥。
繁華幾度成癡夢，烈火終究化冷灰。
且看月湖人如織，明年但願盡來歸。

月湖小憩

男兒任性最天然，五體橫陳不避嫌。
大地爲床堪入梦，陽光似被太催眠。
鼾聲起處金戈怒，拳脚伸時鐵馬喧。
殺盡人間流變者，秋風送爽到軒轅。

題《民國紅粉》

胭脂洗盡見滄桑，顧盼回眸意更傷。
大國男兒血已冷，冰心女子泪尤涼。
堪爲性命真知己，恨不青春再流芳。
絶代風華誰與似，一輪皓月過軒窗。

秋日晚間於月湖茶舍芒果園讀書沙龍，聽張耀杰先生講《民國紅粉》。

月湖晨走

書生本色最疏狂，劍膽琴心酒氣香。
幾度埋頭掃日月，何曾着眼看侯王①！
蒙塵豈是天時與，入世無非人事傷。
不悔當初投契者，猶餘血性更僨張。

注：

①宋人朱敦儒《鷓鴣天·西都作》：詩萬首，酒千觴，幾曾着眼看侯王。

月湖賞花

獨行風雨步從容，自賞孤芳倔强紅。
冷箭頻發欺落葉，春心不動愧虛榮。
秋深老樹腰身直，夜半詩魂意氣横。
大夢誰覺千古夢，斯人豈在路人中。

月湖芙蓉

凄風苦雨立冬時，再向橋亭覓舊知。
仰止芙蓉不肯謝，垂憐粉泪竟猶癡。
柔紅尚且驕寒夜，老子何曾懼病濕。
擲傘兼程獨步遠，如來大道鐵鞋遲。

無題

芙蓉凋盡月湖寒，岸上行人隻影單。
草樹蕭索已入定，亭臺落寞正參禪。
滄桑變幻誠如易，世道輪迴不信難。
冷暖之間天意在，西山日沒見東山。

月湖梅

冰心半樹淡然開，半樹猶空待雪裁。
不是孤芳憐寂寞，無爲玉骨證清白。
一身獨善非着意，天下大同始入懷。
再遣香魂十萬里，飄飄信使唤春來。

又

春風未度淡然開，幾樹殷紅幾樹白。
血氣僨張掙苦瘦，心旌砥礪起寒微。
高潔不作出塵想，大美偏生濟世來。
欲把人間熏染遍，粉身碎骨化香埃。

立春與友人月湖小聚

春風幾度到人間，可笑人間戲碼繁。
葉落無辜任踐踏，花開有幸競交歡。
須從世相觀真相，敢將塵緣付法緣。
酒過三巡猶把盞，炎涼日月一傾乾。

月湖秋

我本春風主，何來秋心愁。
蒼生度盡後，好去逍遥游。

風過月湖，漸有涼意。秋已來，人非昨。

江山萬里圖

虛幻人間世，從誰可瞭然？
青山千重複，碧水一去閑。
讀史傷荒冢，撫琴痛斷弦。
英雄走馬過，歷歷塵埃邊。

又

登高望遠見空無，萬里江山一幻圖。
試問從來誰所有，主人也是大糊塗。

登堯山極頂口占

我到堯山上，風雲動地飛。
從心追日去，不忍衆生悲。

又

登臨絶頂我爲神，烟火人間幾斷魂。
板蕩浮雲蔽日久，洪荒聖迹照天新。
胸羅萬象於一隅，目送千秋至無形。
宇内澄清誰可待？大乘共度濟蒼生。

第二輯　雪泥鴻爪

謁包公祠口占

正氣彌天地，高風範古今。
除惡霹靂手，愛民菩薩心。
妖氛難净盡，奈何指一人。
時彦不虧史，後賢當鼎新①。

注：

①包公祠聯：春秋有序，人民不虧時彦；宇宙無極，偉業尚待後賢。

謁焦裕禄墓口占

區區一縣吏，大地矗碑銘。
王侯多糞土，百姓無偏心。
敢與天奮鬥，拼命爲蒼生。
諸公到此處，幾許稱同仁？

游貴陽花溪天河潭

勝境由天造，安心在人爲。
達觀莫顧盼，宇宙一塵灰。

過開封

汴河酒肆亦堪悲，盛世繁華不可追。
歌臺舞榭今猶在，衹是蘇辛已久違！

行踪

直追古聖入空山，彼岸登臨弃渡船。
洗盡人間烟火氣，高眠物外水雲軒。
臨風把酒邀冰雪，對月談心賦管弦。
回首曾經滄海路，無誰不在斷崖邊。

國耻日訪問岡山感懷

金甌玉碎竟龜縮，錦繡河山喪賊倭。
虎父無方教犬子，小人有膽欺大國。
全民死戰從英主，舉世重慶奏凱歌。
血肉長城真鐵筆，榮辱柱上自春秋。

捷克

半生輕許半生重，不到虛無不信空。
大器由人多毀譽，初心在我自從容。
風波罄盡風光异，世事頻仍世相同。
獨立塵囂何以默？拈花一笑度魚龍。

長安行之一·醉長安

千年以後我來遲，李杜摩詰怎遇之？
何當再進一杯酒，醉卧長安無醒時。

長安行之二·兵馬俑口占

一聲死命令，百陣不移兵。

天光重見日，帝國何處尋？

長安行之三·長安亂燉

一鍋煮天下，對酒論古今。
萬物皆有味，何苦細分明！

與王樂濤在西安『老灶臺』用晚餐，菜名『長安亂燉』，樂濤以此命題索詩。

長安行之四·出山

出山行正道，入世度蒼生。
青牛即白馬，大佛是真人。

長安行之五·歸長安

靈魂何處可爲家，老朽回來費舟車。
秦磚始築央帝國，漢瓦冠蓋大中華。
千秋癡迷李杜句，一日看盡長安花。
風流自此東流去，斗酒無由唱黄沙。

長安行之六·與白雲峰兄茶叙

茶因續水淡，友是神交難。
傾蓋如故舊，相約話長安。
不愁石柯爛，唯恐血氣寒。
恪盡平生願，得償天下歡。

第三輯　歸帆夢影

歸鄉

青山依舊緑，大地已寒凝。
野鶴獨栖處，閑雲不問津。
人間多少事，笑忘但烟塵。
度盡劫波後，孤舟繫洞庭。

周末乘高鐵歸鄉

長沙南到岳陽東，快似雲程閃電風。
不待加鞭策名馬，還來佐酒釣神龍。
偏將鐵鞋踏芳草，擬把茅廬換晴空。
且看湖山鷗鷺起，翩飛競嚮聖安鐘。

慈母病中難眠，陪侍有感

形如槁木髮如霜，瘦骨嶙峋恨斷腸！
老母傷眠痛徹夜，愚兒咽泪感秋凉。
誰能不避生死劫，我欲長隨日月光。
換取春暉千百萬，生生寸草作心香。

母親在痛苦中斷斷續續入眠。病床邊陪侍在側，細細打量，竟想不起她是否年輕過，似乎從來都是如此蒼老無助。

祭慈父

天崩地裂五年前，浪子無依半孤懸。
入夢回回垂血泪，歸鄉歷歷見慈顔。
平生病苦何懷恨，亂世英雄不乞憐。
布屨從來衣聖者，男兒自若渺雲烟。

2009年4月6日，父親走了。父親周軍非（1933—2009），湖南岳陽人，曾加入中國人民志願軍，回國後編爲工程兵，在海南服役期間榮立三等功。生於亂世，雖無偉創，亦堪稱英雄。因傷退伍後，父親一直飽受病痛的折磨和生活的重壓。但他不怨天，不尤人，甚至從無愁苦之貌、憂戚之容，總是一臉温善微笑，一副菩薩心腸。這個謙卑、克己、純良的人，有着光明的人格和聖徒的心。

悼加西亞·馬爾克斯

百年孤獨終永夜，一紙魔幻始真經。
世界從來不可解，人生自此無知音！

體檢

一把老骨頭，鈣質從未失。
皮囊尚安好，肝膽誰不知？

銷愁

銷愁一杯酒，縱樂萬事休。
今生若得醉，轉世復何憂！

秋感

秋風入骨寒，感冒侵身冷。
我願擔涼薄，天下再無病！

紅顏

紅顏皆無色，赤子自有心。
知音誠難覓，大愛貫古今。

酒

生死酒一杯，不醉不須歸。
飄飄何所似，風流且待誰？

人生

人生有大限，世界無窮期。
何如飲血醉，策馬度遼西。

又

人爲萬物主，自命稱靈長。
其實最可笑，待宰一羔羊。
貪心比刀俎，欲壑如虎狼。
揮鞭斷流水，策馬隨牧郎。

拔劍

拔劍斷物理，擲筆皈心經。
不負風流債，枉爲世逸人。

棋局

不過小游戲，偏偏費心機。
人生亦如是，萬變一局棋。

又

一日難能分高下，百年或可論短長。

且看千秋萬代後，誰爲草寇誰爲王。

争與論

名繮抖落出樊牆，利鎖掙脫入奧堂。
不與他人争高下，唯同自己論短長。

囚徒

人皆宇宙一囚徒，日月星辰盡心魔。
繭縛層層悲幻色，掙脱象外始出頭。

菩提

菩提慧根深，大法覺衆生。
入禪七日定，佛性是天真。

萬物一物

空不是否定一切實，而是否定一切空。否定一切空，虛位以待一切實。偈曰：

菩提有樹又無樹，明鏡是臺亦非臺。

本來萬物爲一物，心在空中身在埃。

又

萬物爲一物，何物惹塵埃？
不復爲欲惱，我亦是如來。

無盡意

以游諸國土，而衆生得度。
能施無畏者，此娑婆世界。
弘誓深如海，心念不空過。
具足神通力，聖心同慈護。

牧心牛①

我自橫笛牧心牛，七星孔管一日頭。
吹得地遠天空淨，再策鞭聲上鼓樓。

注：

①心牛：禪宗的一個比喻，指自己真實的內心。

聆《大悲咒》

萬物無聲唱大悲，生息反復幾輪迴。
紅塵蔽日浮雲亂，業海乘舟彼岸催。
不許蒼天空墜落，伏惟大地莫灰飛。
婆娑世界三千里，我欲重來乞與歸。

賞妙華法師禪詩禪歌禪畫

繁華浄盡是禪心，不到虛空不信真。
大夢一覺千古恨，紅塵萬里衆生淪。
於盲問道方得道，反躬此身見佛身。
草木蜉蝣皆自在，誰知自在最難尋。

丁酉正月初八，聖安寺
菩薩護佑出行大吉

南津古渡聖安禪，梵唄清揚唱涅槃。
砥礪初心開霽色，加持大願起雲帆。
横行天下誰爲主，直入人間愛作船。
顧盼春風三萬里，殷勤送我上軒轅。

第四辑　舊雨新知

畢業三十周年感懷

三十年後再相逢，滿目青山白頭翁。
閱盡滄桑無色相，生靈慣見化石蟲。
惕日玩月囊中物，登峰造極轉眼空。
勘破人間萬萬世，不如夢裏分分鐘。

2014年7月26日至27日，長春地質學院3804、3805班同學畢業三十周年後，重聚垻上草原，并重訪當年野外實習基地——契丹祖源承德平泉縣。

老同事聚會感懷

風華正茂競鋒芒，笑傲青春意氣揚。
慧劍難磨英雄膽，紅塵易斷女兒腸。
今生要作真情種，轉世猶存血性狂。
不悔關山歧路遠，重逢和淚共一觴！

2015年7月23日晚，原湖南有線廣播電視臺星散各地的兄弟姐妹，歡聚月爲鄰，笑中含淚，淚中含笑，不勝感慨唏嘘。在歲月的磨洗之後，一個個曾經在電視熒幕上閃閃發光的名字，如今遍布海內外各行各業，在不同的地方、不同的領域熠熠生輝。青春萬歲！生命無悔！是夜，醉醒之間。

集唐人句寄深圳諸友

迷津欲有問①，何年致此身②。
聯步趨丹陛③，駐馬望千門④。
自顧無長策，空知返舊林⑤。
坐觀垂釣者，徒有羡魚情⑥。
余亦能高咏，斯人不可聞⑦。
紅顔弃軒冕，白首卧松雲⑧。
對棋陪謝傅，把劍覓徐君⑨。
江山留勝迹，我輩復登臨⑩。

注：

①孟浩然《早寒有懷》：迷津欲有問，平海夕漫漫。

②馬戴《灞上秋居》：寄卧郊扉久，何年致此身。

③岑參《寄左省杜拾遺》。

④杜甫《至德二載，甫自京金光門出，間道歸鳳翔。乾元初，從左拾遺移華州掾，與親故別，因出此門，有悲往事》。

⑤王維《酬張少府》。

⑥孟浩然《臨洞庭上張丞相》。

⑦李白《夜泊牛渚懷古》。

⑧李白《贈孟浩然》。

⑨杜甫《别房太尉墓》。

⑩孟浩然《與諸子登峴山》。

集改稼軒句致諸友

天下英雄誰敵手①？竟須賣劍酬黄犢②。
千古風流今在此，萬里功名且放休③。
世上無人供笑傲，門前有客莫如竹④。
老子形骸重點檢⑤，嫦娥不嫁我爲留⑥。

注：
①《南鄉子·登京口北固亭有懷》：天下英雄誰敵手？曹劉。
②《滿江紅》：且置請纓封萬户，竟須賣劍酬黄犢。
③《破陣子·爲范南伯壽》：千古風流今在此，萬里功名莫放休。
④《滿江紅·游清風峽，和趙晉臣敷文韵》：世上無人供笑傲，門前有客休迎肅。怕凄凉、

無物伴君時，多栽竹。

⑤《沁園春·將止酒，戒酒杯使勿近》：杯汝來前！老子今朝，點檢形骸。

⑥《木蘭花慢》：飛鏡無根誰繫？嫦娥不嫁誰留？

讀許石林《桃花扇底看前朝》

桃花扇底看前朝，策馬江山幾度嬌。
遇大英雄再拱手，逢真美女百折腰。
故紙灰中藏魂魄，新書字裏舞妖嬈。
日月隨心應倒轉，相期往聖走一遭！

爲馮新民先生榮休作

平生最易被情傷，瀝膽披肝并斷腸。
鐵骨天生爲鑄劍，冰心日鑒要流芳。
江湖險惡孤帆苦，世道陵夷白髮蒼。
不悔癡愚空付了，青春未老且還鄉。

題黄炯青書畫展

爲牛作馬最精神，大筆横空日月驚。
落墨蠻犢頭角硬，揮毫鐵騎骨格清。
癡心醒豁開三界，烈血驅馳過九門。
我愛出塵夫子畫，尤惜入世性情真。

亦師亦友黄炯青，益陽人氏，深圳名家，畫牛畫馬，自成一格，炯炯有神。2014年11月15日至20日，長沙市美廬美術館爲其舉辦『視覺暢想，丹青意象』書畫藝術展。

於摩恩咖啡館聽周依蓮女士講昆曲

摩恩小館雨窗冰，夜煮咖啡牡丹亭。
此曲清心誠雅韵，何人會意信知音？
生生死死人間戲，是是非非戲里人。
古往今來多少事，一聲唱罷泪沾襟。

答60君

何惜抱負廟廊才，滿目滄桑兩鬢衰。
欲掃乾坤如拭鏡，方知自己是塵埃。
黃鐘毀弃尋常見，瓦釜雷鳴不費猜。
拋却生前身後事，補天待我再重來！

讀彭進苗詩詞精選集《一個人的唐風宋韻》

洶洶物欲逞横流，攘攘蒼生入蜃樓。
作勢裝腔富貴客，低聲下氣斯文儔。
唐風宋韻無同調，酒緑燈紅不自由。
幸有進苗出濁水，奇葩怒放落花頭。

又

詩家本色是兒男，指點江山若玉盤。
盛饌人生百千味，宰割世界兩三番。
佳什每有英雄氣，妙語多爲赤子言。
宋韵唐風今安在？諸君請嚮此間看。

第五辑　俯仰古今

夜讀伍子胥有感

抉眼東門上，以觀越滅吴。
始信雖三户，亡秦必楚夫。
人妖除不盡，血性當如初。
千秋萬代後，忍看思飲毒！

紀念一九七六年十月

神州亂象苦蒼生，社稷跳梁多鬼神。
力挽狂瀾於即倒，輕扶大厦正將傾。
一身榮辱何須計，萬古春秋自有評。
赤子丹誠昭日月，青史鐵筆在人心。

時序

春光老去落葉飛，詔告天心不可違。
從來四季有代謝，不信東風喚不回。

觀探月

冰清玉潔一輪懸，千古遥夜夢魂牽。
何必登臨探究竟，亂石荒土不忍看。

人類探月，誠科技之大事，詩意之灾難也。宇宙萬物，多少美好，皆因遠望，而非近觀，一旦較真，盡爲虚幻。信乎！

元宵月

冰心不敢墮紅塵，寧可飄零寄此身。
若有人間知己在，求索豈待到如今？

假日閑讀

書中何所有，我作如是觀。
睥睨千鍾粟，垂青百媚顔。
不恨人生短，唯恐卷帙繁。
意亂情迷易，清心寡欲難。

長沙夜色

囂囂世道墜盲從，滚滚紅塵欲火隆。
錦繡纏綿争繭縛，泥塗沐浴勝春風。
金戈鐵馬淹荒草，野鶴閑雲没古松。
自信人生真如者，瀟瀟灑灑不稱雄。

秋風秋雨中獨步

穿風過雨又一秋，未到瓊林不甘休。
苦旅千山扶逸馬，雲程萬水放飛舟。
繁華落盡心香在，坎坷踏平步履悠。
却看瑶臺足迹近，跫音天籟動重樓。

無題

人間萬事信誰知，欲問天公語又遲。
水去喧嘩爭定論，風來唱和辯陳辭。
糊塗最是聰明客，醒豁無非渾沌時。
衆裏尋她千百度，真能忘我自由之。

冬日

陽光此刻貴如金，敢問天公怎與分？
草木魚蟲同眷顧，雕欄玉砌不多情。
一開抱負雲何在，六合私囊日傍身。
遍撒人間唯大愛，風流豈止是青春。

乙未年臘月二十登岳陽樓

雲水涵空一望收，江山無限任沉浮。
千秋杜句悲和泪，天下范文樂與憂。
莫問憑欄誰在此，何當砥柱我從頭。
重來不見孤帆影，且遣迷情逐葦舟。

讀史有感

兒女情節付衆生，英雄氣概竟如神。
江河日下誰爲主，世道陵夷我逆行。
豈敢私心藏大義，請從本色鑄純真。
興亡底事何須問，故紙堆中入夢魂。

第六辑　骑士初心

讀史有感

媒體出身的優秀血統，電視湘軍的強大基因，弄潮市場的先行者，傳媒產業的第一股……電廣傳媒影業不忘初心，不改初衷，不負衆望，不辱使命，在電影、電視劇、綜藝等内容全產業領域，持續發力，題《初心》以記。

不忘初心善始終，天真爛漫幾人同？
茫茫四顧知音在，犖犖三生過客匆。
莫負塵凡名利劍，須當宇内醒覺鐘。
獨行欲與天逐日，敢作金星照大空。

題電影《太空旅客》

不悔從星墜太空，前塵舊夢已成風。
百年沉睡心何許，長夜先覺恨幾重？
刹那人生真苦旅，須臾世界是飄蓬。
孤身客若孤魂老，且住銀河作釣翁。

題電影《俠盜一號》

仰望星空見大乘，人生若夢幾何曾。
無窮世界無窮恨，不羈芳魂不羈心。
欲壑難填淵藪止，塵緣易斷妄癡真。
誰來破壁蒼穹獄，我必斯人豈是神。

題電影《超凡戰隊》

自古英雄出少年，青春力量最超凡。
赴湯蹈火行平地，信馬由繮過閬川。
忍嘆人間墜末世，何惜熱血拯塵寰。
加持鐵甲身無已，別有機心辟洞天。

題電影《大偵探霍桑》

欲壑難填夜不明，幽深叵測妄人心。
黃金本是無情物，珠玉須從大義凝。
鬼影憧憧離亂世，目光炯炯巨龍睛。
紅顏一怒非知己，國破何爲愛此身！

題電影《鋼鋸嶺》四章

（一）

英雄氣自在，兒女情長依。
人間多苦難，我不避艱危！

（二）

四顧與誰同，斯人若彩虹。
何當得幸遇，我願死生從！

（三）

大地留神迹，蒼天降聖靈。

雲帆一過盡，彼岸復登臨。

（四）

世界無窮已，人生有竟時。
誰堪當聖迹，我願作愚癡。

注：

電廣傳媒影業出品，梅爾·吉布森（Mel Gibson）導演的《鋼鋸嶺》，改編自『二戰』上等兵軍醫戴斯蒙德·道斯（Desmond Doss）的真實經歷，他因爲拒絕持槍，曾被軍事法庭審判，最終却憑藉堅定的信仰，留在軍隊成爲一名不帶武器的醫務兵。

在美軍和日軍搶占鋼鋸嶺一役中，戴斯蒙德·道斯赤手空拳，冒着日軍的狂轟濫炸，獨自救回了75個戰友的生命，并因此獲得了美國國會榮譽勛章。他也是歷史上唯一没有殺敵，而獲得最高榮譽的美國軍人。

爲張燕戎女史登鋼鋸嶺題照

而今嶺上風光异，不見當年血氣紅。
世界無由重瓠裂，人生有幸許攸同。
茫茫碧海曾銷鐵，赫赫晴陽好鑄鐘。
玉振金聲雲翳遠，歸來聖迹與誰從？

爲《超凡戰隊》賀

超凡戰隊動星城，重整河山待後生。
大破番人八卦陣，横行少年五元心。
梵天墜落誰扛鼎，世界混沌我澄清。
且看英髮真霸主，乾坤倒转賀龍騰。

注：

2017年3月23日夜，中國國家足球隊在長沙賀龍體育場以1:0戰勝韓國隊。至此，中國隊9戰5勝4平，保持不敗。電廣傳媒影業特别奉獻科幻大片《超凡戰隊》以賀！該片由電廣傳媒影業與美國獅門影業聯合出品，其人物設置及故事架構以中國傳統文化的五行概念爲基礎，分別代表金、木、水、火、土『五行』、亦即五元的超凡少年，以洪荒之力，拯救了面臨滅頂之災的世界。其中華裔演員林路迪，將是世界級電影大片中，第一位來自中國的救世英雄。

下卷 詞

第一輯 小令

生查子

乙未年中秋前夜，步稼軒詞《生查子·山行寄楊民瞻》韵

今宵酒醒時，莫負當年月。月下洗儒冠，又恨頭如雪。何得不誤身，肝膽猶磨笛。洞裂與天齊，盡是神人宅。

點絳唇·月湖秋月

落葉驚心，那堪回首頭飛雪。又兼淒切，冷月寒蟬夜。柳岸泊舟，忍見拋衣袂。誰人別，樓臺亭榭，留取平戎策。

又

草草今生，月湖終老何須怨。玉輪光轉，空許人間願。敢問仙娥，可待天心眷？休悲嘆，霜絲塵面，無悔懷冰鑒。

浣溪沙·普賢行願品

願我與彼皆等同，一切妙行皆成功。大乘智慧達神通。猶如蓮花不着水，亦如日月不住空。我於一切諸有中。

浣溪沙

夜色沉沉暗月湖，波光瀲瀲映瓊樓。如真似幻兩相侔。滾滾人潮曾滿路，蕭蕭渡口已停舟。匆匆過客幾殊途？

歸旅。行迹所至，我們出現，然後消失。天地萬物，人間逆旅，亦復如是。直道幽徑，玉宇瓊樓，我們祇是過路客，或是寄居者。誰能違約？

浣溪沙·秋日清晨過月湖

旭日蒸蒸上碧穹，烟波細細落歸鴻。湖邊景致幾回同。滿目繁華誰變色，癡心寂寞我真空。虛蹈獨步自圓融。

卜算子·霾中過月湖

落葉嘆西風，霧重黄昏路。月色迷離獨步閑，正道直行去。

坦蕩避何由，曲徑通幽處。星隱雲霾礪劍光，大義無反顧。

卜算子·咏《愛樂之城》

記否洛城中，放肆拼歌舞。同是天涯淪落人，逐夢逢狹路。

忍泪一回眸，再見誰依舊？却恨當時已惘然，花雨濕紅袖。

木蘭花·集《觀世音菩薩普門品》句

無垢慧日破諸暗，法雨滅除煩惱焰。妙音勝彼世間音，念念勿疑須常念。　願我早得智慧眼，願我早得善方便。南無大悲觀世音，所願從心悉圓滿。

木蘭花·城外驛

呼朋引伴城外驛，大愛秋光好晴碧。喧囂市井恥談資，老朽狂生香酒氣。

癡心作主功名弃，美女爲鄰風景异。劍鋒一指斷柔腸，萬事全抛來買醉！

第十届金鷹電視藝術節，老友新朋聚飲於『城外驛』餐館，甚爲投契快意。填詞以記之，調寄《木蘭花》。

菩薩蠻・重陽日登大雲山

雲山深處真君在，千峰肅立聽天籟。意外逢重陽，驚覺痛斷腸。　故園歸來老，不見牽牛道。一望水茫然，回眸忍泪潸！

岳陽縣大雲山，江南仙壤名勝，道家福地洞天。有祖師殿、真君殿、觀音殿等。

菩薩蠻·賀《愛樂之城》獲奥斯卡六項大獎

曾經絶望如淵藪，偕行追夢人雙瘦。任你笑愚癡，我偏歌舞之。芸芸非所欲，出類飛天去。萬物總須由，從心無盡頭！

電廣傳媒影業、獅門影業連袂出品《愛樂之城》獲89届奥斯卡六項大獎，填《菩薩蠻》一闕以爲賀。

訴衷情

寒露已過，上海旅中，深夜會議。座中同事，離合交集，越二十年。正題議畢，輕鬆談笑，感慨繫之。

番來老酒話從前，意氣復當年。時間去哪兒了？疑是上海灘。　憂與樂，辯何難，不着邊。未央今夜，秋露凝霜，同感風寒！

清平樂·復友人

我今甚老，去日知多少。曾亦珠環兼翠繞，總是清風懷抱。

浮雲一擁從龍，冰心偏愛花容。擬把流水作鏡，信否貌與神同。

憶秦娥·秋風惡

秋風惡，殘紅點點傷心墮。傷心墮，樹猶揮泪，人何以措！浮生若夢浮華後，流年似水流連處。流連處，此身雖在，此心誰屬！

憶少年

人間多難，人生多病，人心多苦！蒼天敢請問，是非分別否？世道一何風雨惡！恨從來、其誰辜負！寒凉浸秋夜，感深獨如我！

周末歸鄉，竟夜陪侍母親之側。想伊一生，忍辱負重，茹苦含辛，寬人克己，要强自尊，諸惡不作，衆善奉行，却命運多舛，耄耋之年又困頓病榻，不勝悲憤！

少年游

曾經策馬入紅塵，心事欲拿雲。淩烟閣上，黃金臺下，過眼亦芸芸。　　一回頭

已千山老，蘭蕙自芳馨。琴斷江邊，劍鳴匣内，去作種花人。

少年游

風情萬種，何如孤處，秋色一湖稠。馬欄山上，繁華今夜，星火黯瓊樓。月來教汝，可知圓象，光滿最招仇。且去求缺，好自折損，爲我作扁舟。

第十屆金鷹電視藝術節。馬欄山上，衆星麇集，烈火烹油；月湖岸邊，秋風蕭瑟，暗水凝寒。當其時也，皓月當空，玉潤珠圓。

鷓鴣天

净手摩雲鑒舊詞，飛天踏日騁遐思。星航晚渡塵埃遠，月桂香凝沐浴遲。　神若在，我如之，盡傾銀漢作瑤池。重逢不許人終老，把酒言歡再犯癡。

晚秋日暮時分，長沙至上海航班中，讀陳邇冬先生《宋詞縱談》。

鷓鴣天·滴水觀相

宇宙盡在滴水中，縱然玉碎也圓融。來亦來兮何由是，去則去矣何所從。

生死契，萬物同，投石滄海釣魚龍。茫茫無覓彼此岸，星星點點螢火蟲。

（日本豐島旅次）

鷓鴣天·游清溪川

不合時宜老頑童，性情偏與古人同。滋蘭樹蕙無何用，握玉懷珠枉自雄。鯤鵬倦，覓低叢，恨不天生白頭翁。笑看斥鷃欺大鳥，泥塗曳尾淺水龍。

（韓國首爾）

踏莎行

集《心經》《妙法蓮華經》句。光明殊妙，究竟涅槃。

色即是空，空即是色，諸法空相不生滅。無明明盡無明明，究竟涅槃除苦厄。無量億劫，誰能報者，我當往詣娑婆界。光明殊妙是如來，正使和合千萬月。

踏莎行·金剛經

降伏其心，不住於相，思維上下不思量。不以身相見如來，凡有所相皆虛妄。一切衆生，有想無想，如電如影如幻夢。斷疑生信解真空，過去現在未來忘。

踏莎行

大哉乾元，萬物資始，自强不息貞君子。或躍在淵或在天，進退存亡正行止。不成乎名，不易乎世，足以長人足以事。樂則行之憂則違，與時偕行天下治。

二月二，龍抬頭，集《乾》句以記之。

踏莎行

参参差差，三三兩兩，游踪過處多成黨。從心獨步自由經，誰人若似周郎爽。時間艙前，滿月橋上，清風麗日秋色朗。花偃横路不知名，渾然物我真相忘。

仲秋周日，月湖放足。時間艙、滿月橋，皆月湖物事也。

第二輯　中調

臨江仙

白髮蒼顏來縱酒，紅巾翠袖羅裙。千金散盡買芳心。左擁須絶色，右抱要天神。萬古江山誰自在？落花流水銷魂。人生秋後再無春。把玩真世界，醉裏看風塵。

臨江仙·豐島穹盧仰天而視

望斷天涯雲帆盡，暮鼓晨鐘重樓。夢中蝶舞逐青牛。旦夕生死劫，
醒却萬千愁。檣傾楫摧渡苦海，誰念一葉孤舟。浪子偏生不回頭。
臨江仙唱罷，老泪縱橫流。

鵲踏枝·登高

登高一望晴無際。霧裏樓臺，多少人間戲。同枕不知夢中异，重逢又恨相思憶。笑面桃花空垂泪。枉嘆癡心，總是無情弃。要换冬陽爲春日，從今祇有東風意。

定風波

玉立斜陽酒半醺，躊躇滿志嚮黃昏。不悔妄心追日者，何苦，桃花開處可銷魂。渴飲千流憂忘物，蝕骨，浮雲醉看是浮生。未敢蹉跎重上路，辜負，凡人之後又天人。

又

挂月閑窗欲近人，偷窺樹影破柴門。掃地秋風翻落葉，無字，誰知片片寫天心。夜半踟躇空對弈，的事，一局古譜唯讀星。且嚮鴻蒙請妙諦，觀止，庭前花草不出聲。

蘇武令

夜讀如遇古人，又一一揖別，不覺悲從中來。

屈子離騷，賈生長策。絶唱太史公墨。蘸血文章，塗地肝腦，祇見丹衷分裂。恨當年、真玉沉珠，悲時人、草菅覺者。千古後、敢問蒼天，高風何在，可否掃塵星月？十里長亭，一掬泪雨，聽得笛聲嗚咽。望流雲拂袖，無些縈顧，世俗功業！

江城子·愛樂之城

人生長恨水長東？落紅中，又春風。夢裏歸人，無語認音容。夜照城頭銀河斷，雙泪續，此心同。滿腔癡血作飛虹。起星空，渡蒼穹。遺戀紅塵，何處是芳踪。醒來驚覺頭已雪，歌不住，舞相從。

又

今生無悔與君從，藉天工，作飄蓬。問舍求田，星海釣魚龍。抛却塵囂三萬里，渡不盡，欲千重。楚帆雲信夢魂同。羈縻空，且由風。孤旅參商，心宇正茫茫。弱水一瓢須飲盡，來世共，再相逢。

第三輯　長調

水調歌頭·周日兩游月湖

老子再發憤，更作月湖游。且將一碧秋水，滌垢洗塵眸。岸垂重重柳色，堤繞殘紅點點，曾亦競風流。昂首蹈空去，管它幾多愁。曲即誤，周郎顧，倩誰酬？琴心劍膽無用，祇待寄嫦娥。可笑林林俗物，總是頻頻擾我，能不稻粱謀。此若迷津渡，直去莫回頭。

水調歌頭·咏石

步辛弃疾《水調歌頭·盟鷗》韵，轉致許石林先生[1]。

白髮恨頻密，肝膽老猶開。生就冥頑本色，誰信補天回。會當傾蓋如故，偏是緣慳一面，風神字裏猜。雅量自高致，幽州臺上來。傷心處，渾不語，舌生苔。豈敢鐵肩虛位，擲地手中杯[2]。韞珠懷玉吾性，刮垢磨光我願，俗物實堪哀。要樹蕙百畝，相期與君栽。

注：

①深圳特區報業集團文化評論家許石林先生，特立獨行，文采風流。許君從深圳友人處

偶得拙著《借我百年醉一回》《光明自在心》，讀後竟不吝溢美。神交許君久矣，惜乎緣慳一面。與許君同庚，且名中均有一石，與有榮焉！故步稼軒《水調歌頭·盟鷗》韵，咏石轉致許石林先生。

②擲地手中杯：典出左慈擲杯戲曹操。

八聲甘州·大器重來

皿方罍歸湘，國之祥瑞，湘之福祉！作《八聲甘州》，以志其盛。

想當時，美酒注千鍾，吸虹吐奔雷。看座中豪杰，熙熙盡醉，擊劍空杯。勁舞狂歌一曲，補天起高臺。夢縈人間世，大器重來。堪嘆神工鬼斧，鑄青銅血性，造化方罍。痛繁華鼎盛，長夜竟沉埋。五千年，滄桑故國，更存亡，身首又相乖。今歸也，中華完璧，快何如哉！

渡江雲·洞庭日出

巴陵晚秋，天氣爽朗。若重登岳陽樓，觀洞庭之日出，作滄海之遐思，其何如？或若此。

清寒秋水定，望中幾羽，橫展畫烟波。風摩暾日醒，點染些嵐，山色競晴柔。扁舟且住，待周郎，更上層樓。揮灑間，閑愁抛去，滄海入斯圖。何如？澄空遠碧，雲動帆飛，任流光消磨。猶過得驚濤駭浪，笑指龍浮。春潮着雨曾非夢，潑墨一顆好頭顱。於此際，還能再見當初！

念奴嬌·巴陵南湖

晴光浮碧，補天手，裁取滄海一角。剪斷秋風猶繫柳，千流依依過目。早訂鷗盟，遲回帆信，正待雲中客。青山留影，龍歸淵水深處。誰與憂樂樓頭，把欄杆拍遍，傷心寥廓。廟堂江湖，都是登仙佳屬。不須縈縈，紅塵知遇否，此心如鐵。漁翁安在？翩翩天涯行者。

念奴嬌·謁遵義①會議舊址

我來懷古，嘆前史②，一代天驕失路。命運何由憑逆轉，終須雄才大略。社稷畸零，蒼生多苦，病國一身瘦。遵王之義，從今平掃六合。　難也無偏無陂，乾坤再造，恨甲申轍覆③。日出東方人仰止，喋血神壇誰設。舊址猶在，人間劇變，且待千秋說。初心如鐵，鋒芒還可磨得。

注：

①《尚書·洪範》：無偏無陂，遵王之義。遵義之名所由來也。

②中共黨史定論，遵義會議確立毛澤東在黨内的實際領導地位，從而使中國革命走上正確道路。因此遵義會議是歷史轉折的里程碑式會議，此前可謂前史。

③1949 年 3 月 23 日，毛澤東率中共中央機關離開最後一個農村指揮所，前往北京時說：今天是進京趕考的日子，我們一定要考個好成績，我們决不做李自成。

歸朝歡

甲午馬年秋分，東瀛旅次，歸航中。

千里渥窪種何在。千金買骨人不再。一騎絶塵知是誰，白駒過隙誰無奈。駑兒好可愛。騏驥却逢鹽車載。此尋常、不虧大器，有用最有害。何如一逞胸中快。負盡人間風流債。放馬南山牧游雲，天馬行空無挂礙。山下好種菜。山上茅屋星羅蓋。夢蝶回、塊然高卧，蒼山滄海外。

霜葉飛

痛如何住，娘親老，孤竹獨木何助！盡憂人世遠行難，浪子心偏鶩。詎自料、折伊瘦骨，支離怎奈風霜誤！忍見得蒼顏，血肉點枯燈，照我迷航歸路。無用豈如男兒？功名羈旅，在在全是空付！至今白髮染春暉，可報絲毫否？念千里、般般妄許！須來低唱思鄉曲，再放牛、青山隱，又聽聲聲，喚回名乳！

2014年10月16日，母親意外跌傷，骨折入院。陪侍在側卻無法分擔。

八歸·月湖秋晚

西風漸緊，秋波趨密，白髮欲蔽永夜。危欄嚮晚棲孤鶩，獨見雲移夕影，消息猶北。落照平湖金玉滿，抵不過、霜花寒月。可嘆矣、憂思今宵，又是失眠客。

泅泅齊飛競渡，人間天上，駟霞紛呈顏色。骨削形瘦，羽枯聲啞，偏要徘徊蕭瑟。等蒼涼雁迹，亭臺樓閣且虛設。來依夢，待他酒醒，嘯傲翩翩，一盅朝陽血。

賀新郎

秋至，讀稼軒、同父唱和之《賀新郎》，沉吟不已，嚮往之至。步其韵以遣秋思。

往事無須説。嘆朝夕秋風驟起，此心糾葛。自古悲情多傷逝，不忍青絲飄雪。更見得死生一髮！愛恨情仇堪付了，看盈虧總是當年月。坡以後，我藏瑟。氣沖鬥牛輕狂别。要從今乾坤倒轉，使人天合。膽色何來雷霆怒，衹爲蒼生瘦骨。誓斬斷愁思癡絶。世道陵夷愚執在，笑冥頑不化真如鐵。與物象，且决裂。

附録　散曲　對聯

變調山坡羊·别《鋼鋸嶺》入《愛樂之城》

人生如夢，紅塵真重，春秋幾度憑誰弄。道之用，天心痛。流光終老參商動，拼却血癡誰與共？迷，也放縱。覺，也放縱。

集稼軒句聯

知我者，二三子而已矣；
去他的，千萬人何如哉。

注：

辛弃疾《賀新郎》：甚矣吾衰矣。悵平生、交游零落，祇今餘幾！白髮空垂三千丈，一笑人間萬事。問何物、能令公喜？我見青山多嫵媚，料青山見我應如是。情與貌，略相似。一尊搔首東窗裏。想淵明、停雲詩就，此時風味。江左沉酣求名者，豈識濁醪妙理？回首叫、雲飛風起。不恨古人吾不見，恨古人不見吾狂耳。知我者，二三子。

又

我欲歸去，結廬龍蛇影外；

誰能從來，唱和風雨聲中。

注：

《沁園春·靈山齊庵賦，時築偃湖未成》：吾廬小，在龍蛇影外，風雨聲中。

龍蛇影外：喻松樹。白居易《草堂記》：夾澗有古松，如龍蛇走。蘇軾《戲作種松詩》：種松滿東岡……想作龍蛇長。

評左宗棠

大人無僞，城府洞開即肝膽；
君子有節，塊磊奇崛是乾坤。

登陽明山

九疑山上，白雲傳書，綿綿舜德；

萬壽寺前，杜鵑瀝血，片片禪心。

周末至永州，并謁供奉禪宗七祖之萬壽寺。憶起十餘年前，曾在九疑山下，祭舜帝陵，感慨繫之。

故鄉

嘆流光，改了洞庭風色；
惜游子，依然雲水性情。

回到地理上的故鄉，祇要穿越千山萬水。回到心理上的故鄉，却要穿越千秋萬代。回得去的，是那迢遥的路途。回不去的，是那蒼茫的歲月。洞庭湖邊一個叫鹿角的地方，并不是我的故鄉，但那裏曾經是我的家。在那裏我度過了11—13歲的少年時光。就是從那個不知存續了多少歲月的小而又小的碼頭出發，少小離家的我飄零於世。

真幻

爲藝術，不辭作牛作馬；
是大師，無妨亦幻亦真。

深圳湘籍畫家黄炯青，畫牛畫馬神旺氣足，别開生面，即將赴美舉辦個展，題以志賀。

題書房聯

放開眼量，觀無窮無盡世界；
收起心神，度善始善終人生。

又

格物非止穷物理；

度人必先正人心。

題世界讀書日

養性情，萬卷詩書可乎？
治天下，半部論語足矣！

又

閱盡繁花無春色；

讀破萬卷始會心。

與古人交

與古人交，茶亦可，酒亦可，無拘無束；

爲時事論，是也難，非也難，不即不離。

爲清風伴

柳岸水邊，一脉清風，爲誰而起？

人間天下，萬般瑣事，與我何干！

題茶舍聯

古人作客我作主；
清風爲伴月爲鄰。

又

萬象由心，法敬天地；
三光瀝膽，神交古人。

集《易》句聯

安而危，存而亡，治而亂，人謀者，身家社稷；

窮則變，變則通，通則久，天佑之，元亨利貞。

又

德薄而位尊，知小而謀大，力小而任重，鮮不及矣；
安身而後動，易心而後語，定交而後求，是故全之。

學《易》之法

存心以正，居心以良，立心以誠，發心以善，可幾於道；抽象爲神，具象爲形，他象爲物，我象爲人，究竟是德。

集佛經句聯

以殊妙人生，證無上真諦；

於大千世界，求不二法門。

又

不覺不知，不驚不怖，皆是菩薩；
無大無小，無量無邊，我爲如來。

有性無常

事物皆有性，豈是爾曹能看破？

人生本無常，除非我等可凌空。

挽楊絳先生

楊絳先生以一百又五人瑞之壽，往生極樂。

生不易，百年方去，非凡女史大歡喜；
死何難，千古以來，普世誰人真自由。